W. Rü

Annalen des Königreichs Italien 1861 bis 1863

Viertes Buch

SALZWASSER
VERLAG

W. Rüstow

Annalen des Königreichs Italien 1861 bis 1863

Viertes Buch

Unveränderter Nachdruck der Originalausgabe von 1864.

1. Auflage 2022 | ISBN: 978-3-75259-582-6

Verlag: Salzwasser Verlag GmbH, Zeilweg 44, 60439 Frankfurt, Deutschland
Vertretungsberechtigt: E. Roepke, Zeilweg 44, 60439 Frankfurt, Deutschland
Druck: Books on Demand GmbH, In de Tarpen 42, 22848 Norderstedt, Deutschland

Annalen

des

Königreichs Italien.

1861 bis 1863.

Von

W. RÜSTOW,

———

Viertes Buch:

Vom Tag von Aspromonte bis zum Schluss der ersten
Legislaturperiode, 21. Mai 1863.

〜〜〜〜〜〜〜〜〜〜〜〜〜〜〜〜

1864.

I.

Was nun? Die beiden Processe.

Einschiffung Garibaldi's nach dem Varignano. Behandlung der Aspromontegefangenen.

Der verwundete Garibaldi ruhte die Nacht vom 29. auf den 30. August in der Hütte des Hirten Vincenzo an den Abhängen der Sella di Melia auf einem Lager, welches seine treuen Begleiter ihm aus ihren Mänteln bereitet hatten. Am 30. August Morgens um 6 Uhr brach der Zug wieder auf und erreichte, nachdem er noch einen kurzen Ruhehalt unterwegs gemacht, Nachmittags um 2 Uhr, das trauernde Scilla.

Pallavicini theilte dem General die telegraphisch eingeholten Befehle Rattazzi's mit: Garibaldi dürfe sich nicht auf einem englischen Fahrzeuge einschiffen, sondern sei als Gefangener auf ein italienisches Kriegsschiff (den Duca di Genova), zu bringen, um nach den Forts von la Spezzia geschafft zu werden. Von den Seinen dürfen ihn ausser den drei Aerzten Ripari, Basile und Albanese nur zehn begleiten. Alle seien im Uebrigen Gefangene und es werde mit ihnen geschehen, was Rechtens.

1

Als Garibaldi diesen Bescheid empfing, kehrte er sich zu seinen Begleitern und, in Bezug darauf, dass sie ihm zur unbedingten Uebergabe am vorigen Tage gerathen und dabei auf die milden Neigungen des Gouvernements nach den Reden Pallavicini's hingewiesen, sagte er ihnen mit sanftem Vorwurf: Also hattet ihr mich getäuscht.

Befragt, ob er in Scilla noch etwas ausruhen wolle, verlangte er sogleich eingeschifft zu werden. Er ward auf seinem Lager in ein Boot gebracht, ein zweites bestiegen die Begleiter, denen sich einige treue Soldaten als Ordonnanzen zuzugesellen wussten. Die beiden Boote steuerten dem Duca di Genova zu.

Sie passirten dabei die Stella d'Italia, auf deren Deck Cialdini und der Contreadmiral Albini standen. Keiner von ihnen begrüsste den verwundeten Helden; dagegen folgte Albini alsbald dem Boote, welches die Begleiter Garibaldi's trug und sendete die Ordonnanzen, welche sich mit eingedrängt hatten, ans Land zurück, wie er sagte auf Befehl Cialdini's. Später durften diese Ordonnanzen, wie wir doch bemerken wollen, allerdings zu Garibaldi zurückkehren. Garibaldi commandirte selbst das Manöver, durch welches er auf das Deck des Duca di Genova geschafft wurde. Am 1. September traf der Duca di Genova auf der Rhede von la Spezzia ein, und der grosse Verwundete wurde als Gefangener im Fort Varignano untergebracht.

In den nächsten Tagen wurden auch die übrigen Gefangenen, nachdem sie in Ställen und anderen Räumen dieser Art wie das Vieh zusammengestapelt gewesen waren, zu Reggio und Scilla eingeschifft, nach la Spezzia und Genua gebracht, dann von dort in die Forts von Genua, von Fenestrelle und von Bard transportirt, wo sie ihr Urtheil abwarten sollten. Von den Deserteurs der regulären Armee wurden einige sofort erschossen, die anderen, den aus den Reihen der Garibaldiner herausgerissen wurden, wo man sie fand, stand ein noch schlimmeres Schicksal bevor. Die Behandlung der Gefangenen auf den Schiffen war eine fürchterliche. Die Capitäns und die Mannschaft der Schiffe suchten einige Erleichterung zu schaffen, aber die Officiere und Soldaten der Landarmee machten ein förmliches Wüthen zum Gesetz ihres Verhaltens gegen diese zum grossen Theile edlen Männer, welche Italien seine Hauptsstadt hatten geben wollen. Auf dem Deck zusammengedrängt, liegend, sitzend, stehend, ohne nur eine Bewegung machen zu können, ohne Unterschied der Erziehung und der Gewohnheiten, litten die Gefangenen fürchterlich. Die Seekrankheit, welche viele ergriff, erhöhte wie begreiflich das Leiden für alle. Das nothwendigste Trinkwasser ward den Armen versagt. Bei der geringsten Klage, die sich aus dem Knäuel erhob, drohten die auf den höheren Punkten aufgestellten Schildwachen, nach der Anweisung der Officiere, in denselben hineinzufeuern und mit Flintenschüssen verscheuchten sie die Barken, welche sich mit Früchten und mit anderen Lebensmitteln dem Schiffe näherten. Und als die Schiffe in die Häfen von Genua und la Spezzia gelangt waren, liess man

die Gefangenen auf ihnen oder auf andern Fahrzeugen
(Pontons) noch fünf Tage in völlig derselben Lage,
ehe man sie ans Land brachte, um sie ihrer Bestimmung, den Gefängnissen, zuzuführen. In den Gefängnissen wiederholten sich soviel möglich die Er-
lebnisse von den Schiffen; Zusammensperrung in
dumpfigen Löchern, mangelhafte Ernährung, Drohung
der Schildwachen, in die Fensteröffnungen hineinzu-
schiessen bei der geringsten Bewegung, Hohn aller
Art. — Erst sehr allmälig ward den Officieren und
den zahlreichen feingebildeten Männern, welche sich
unter den Gefangenen befanden, ein menschenwür-
digeres, lange kein menschenwürdiges Dasein
gestattet. Im Ganzen constatiren wir: dass die garibaldischen Gefangenen, zum allergrössten Theil Männer
der edelsten Gesinnung, der feinsten Erziehung, der
höchsten Tüchtigkeit, schlechter behandelt wurden als die verworfensten Galeerensclaven.
Und wir constatiren dies, weil Blätter der Regierung
und ihres verworfenen Anhangs frech genug waren,
das gerade Gegentheil zu behaupten, weil jene Männer,
welche von Aspromonte aus einem unserer Meinung
nach falschen, aber jedenfalls edlen Gefühl ohne Kampf
die Waffen gestreckt hatten, wenn sie sich fähig zeigten, das höchste moralische und materielle Elend um
ihres Glaubens willen zu erdulden, doch mit Recht
darüber empört waren, dass ihre Henkersknechte sich vor der Welt noch in der Glo-
riole christlicher Liebe und Milde zu zeigen,
die namenlose Frechheit hatten. Der Spiessbürger am warmen Ofen, wohl gesättigt, ohne Ideen

und ohne Glauben, darum nicht fähig, die Entrüstung zu begreifen, die den Gefangenen ergreift, der es um seines Glaubens willen ist und der sich jetzt wie ein Stück Holz in die materielle Gewalt verruchter Henkersknechte einer namenlos infamen Regierungsmacht gegeben sieht, — der Spiessbürger glaubte so gerne daran, dass die Gefangenen von Aspromonte die gehätschelten Kinder des rattazzischen Gesindels seien.

Nun, Garibaldi und die Seinen waren in den Gefängnissen. Rattazzi athmete auf und rieb sich die Hände in der Befriedigung des ersten Moments.

Beabsichtigter Process wegen Aspromonte.

Aber was denn nun? Er hatte noch zwei Processe zu gewinnen: den einen in Italien, den andern ausserhalb Italiens. Im ersten Siegesübermuth des „Grafen von Aspromonte“, wie die Entrüstung des armen Volkes und sein empörter Witz Rattazzi sofort taufte, unterlag es für diesen freilich nicht dem mindesten Zweifel, dass man die „Rebellen“ aufs strengste strafen und an ihnen ein Exempel statuiren müsse, welches allen Nachfolgenden die Lust vertreibe, unabhängig von der Regierung die Geschicke Italiens in die Hand nehmen zu wollen.

An eine Amnestie, gross, voll, ohne Bedenken gegeben, wie nicht bloss der gesunde Sinn des Volkes, wie selbst die Furcht der Bourgeoisie, die Hauptquelle der Einsicht für diese Classe von Menschen, sie forderte, konnte also der siegesstolze Rattazzi nicht denken.

Wenn die Kugeln von Aspromonte besser getroffen hätten, wenn sie das grosse Haupt der Rebellion getödtet hätten, oder wenn Pallavicini seine Auftraggeber so vollkommen verstanden hätte, dass er den gefangenen Garibaldi sofort niederschiessen liess, so möchte Rattazzi für die Anhänger des Generals die Amnestie sogleich bereit gehabt haben. Jetzt nicht; jetzt war keine Rede davon; der gelehrige Schüler erinnerte sich wohl der Ermahnung des Meisters von Paris, dass die Gelegenheit benutzt werden müsse, um die Regierung ein für alle Mal von den revolutionären Einflüssen zu befreien, welche auf sie drückten. Aber — nun, da die Dinge so unglücklich gegangen waren, galt es, Garibaldi und seine Anhänger vor ein Gericht zu stellen und sie verurtheilen zu lassen. Doch nicht so leicht als die Sieger von Aspromonte mit Beförderungen und Decorationen, die von Paris aus angemessen vermehrt wurden, zu belohnen, war es, ein Gericht für die Besiegten von Aspromonte zu finden. Die siegreiche Sache mochte den Göttern gefallen, die besiegte gefiel Cato! Und auf Cato's Seite stellte sich diesmal nach und nach und von Tage zu Tage mehr die ganze Welt.

Tag für Tag fand ein Ministerrath statt und sehr lange dauerte es, bis man zu einer halben Entscheidung gelangte; die Amnestie wurde anfangs nur ganz schüchtern bevorwortet und die Prätorianer, welche man um Rath zu fragen, für nothwendig hielt, wie vor Allen Cialdini, sprachen sich mit Entschiedenheit gegen sie aus, als den Ruin aller Disciplin in Staat und Heer. Von dieser Seite wurde nun die Einsetzung von Kriegsgerichten zur Aburtheilung der Garibaldiner verlangt. Aber Bedächtigere sprachen sich gegen die Kriegsgerichte ohne weiteres aus: das Kriegsgericht, meinten sie, wäre gut gewesen, wenn es der commandirende General auf dem Kampfplatz von Aspromonte, in Scilla und Reggio, höchstens zwei Tage nach dem 29. August, berufen hätte. Wer aber solle jetzt die Verantwortlichkeit dafür übernehmen, nachdem die Gefangenen von dem Schauplatz der Rebellion, aus den Provinzen entfernt seien, in denen die glückliche Allmacht des Belagerungsstandes herrsche, nachdem sie nach Oberitalien geschafft worden seien, nachdem acht Tage darüber ins Land gegangen. — Für die Deserteurs von der königlichen Armee würden Militärgerichte immer am Platze sein, nicht für die übrigen Gefolgsleute Garibaldi's, und für ihn selbst, die sich in gar keinem militärischem Dienstverhältnisse befänden.

Von Einigen ward vorgeschlagen, den Senat des Königreichs zu einem hohen Gerichtshof zu constituiren und von ihm den grossen „Hochverrath" aburtheilen zu lassen. Dagegen fragten andere, wie denn der Senat die Sache angreifen solle, ob er arbeiten solle nach den gewöhnlichen Gerichtsformen, oder nach einem besondern Reglement, welches ausdrücklich für diesen Fall entworfen würde? Im erstern Fall, wieviel Zeit wohl der Senat brauchen würde, um Garibaldi und seine 2000 Begleiter abzuurtheilen? im zweiten, ob der Senat sich dazu verstehen würde, ein besonderes Reglement anzu-

nehmen? Für jeden Fall: ob erstens der Senat die
Aufgabe annehmen werde? ob, wenn er es thäte, das
Erscheinen Garibaldi's und der Seinen, vielleicht
mit stolzen Mienen, als anklagende Angeklagte,
vor diesem hohen Tribunal nicht eine neue und viel
grössere Aufregung in Italien hervorrufen werde? ob
es klug sei, die „Rebellion" so an die hohe Glocke
zu hängen, statt sie vielmehr auch jetzt als so un-
bedeutend wie möglich zu behandeln?

In Folge dieser Berathungen und dieser Bemerkungen und Fragen kam nun der Ministerrath endlich
nicht ohne Widerstand aus seiner Mitte und in verschiedenen Richtungen zu dem Schlusse, Garibaldi
und die Garibaldiner den gewöhnlichen Gerichten zu überantworten.

Aber welchen ordentlichen Gerichten? Von
Rechtswegen gehörte die Sache vor das Obergericht
der Provinz Reggio (des ersten jenseitigen Ca-
labriens); mit Hängen und Würgen konnte man sie
vielleicht nach Catanzaro oder auch vor einen
sicilianischen Gerichtshof schleppen. Fand man
aber in den süditalienischen Provinzen überhaupt,
die jetzt, wie wir sehen werden, höchst aufgeregt
gegen das Ministerium Rattazzi waren, einen will-
fährigen Gerichtshof? Es war sehr zweifelhaft. Und
welche Folgen musste die Hinschleppung von 2000
„Rebellen" wieder nach denselben Provinzen, aus
denen man sie eben hergeholt hatte, haben? rief
das Gericht vor den wirklichen ordentlichen
Gerichten, vor welche die Sache gehörte, nicht recht
eigentlich der Revolution der Südprovinzen?

Keiner der Minister war darüber in Zweifel, und man kam auf einen schlauen Ausweg.

Rattazzi forderte den Cassationshof zu Neapel als das höchste Gericht der Südprovinzen auf, „aus Gründen der öffentlichen Sicherheit" den Cassationshof zu Mailand zur Bestellung eines Gerichtes über Garibaldi und die Seinen einzuladen. Der Cassationshof zu Neapel kam dieser Aufforderung durch Beschluss vom 15. September 1862 nach. Aber der Cassationshof zu Mailand konnte sich seinerseits durchaus nicht so schnell fassen. Die Neapolitaner hatten eine Last auf die Mailänder abgeladen, welche diese letzteren durchaus keine grosse Lust bezeigten, auf sich zu nehmen.

Die Amnestie und die Vermählung der Princessin Pia.

Das Ministerium stiess also hier auf sehr grosse Hindernisse. Der Gedanke einer Amnestirung kam also jetzt wieder lebhafter aufs Tapet und er fasste entschieden Grund und Boden, als die öffentliche Meinung nicht bloss sich immer energischer für die Amnestie aussprach, sondern auch der hochherzige Alliirte von Paris aus ankündigte: mit so kleinen Spitzbuben ohne Muth und Entschluss wolle er nichts zu thun haben, da sie jeder Energie unfähig seien und sich schliesslich genug blamirt hätten, möchten sie jetzt nur, um ein Ende zu machen, die Amnestie aussprechen.

Da ereignete sich noch das Erschreckliche, dass der Graf von Aspromonte mit seinen schuftigen Paladinen auf die Idee kam, das Urtheil über den grossen

„Rebellen" unter das Hemd verstecken zu wollen, welches eben ein kleines Mädchen zu seiner Brautnacht probirte.

Am 25. September nämlich war der Contract der Ehe der Princessin Pia mit dem König Louis von Portugal unterzeichnet, am folgenden Tage ward dann die Ehe durch Procuration vollzogen, wobei der Prinz von Carignan den Bräutigam vorstellte; am 28. September endlich verliess die Princessin Turin und Genua, von ihrer ganzen Familie begleitet, um sich unter Escorte eines italienischen und eines portugiesischen Geschwaders in ihre neue Heimath zu begeben. Zu den vielen Festen, welche zur Feier des glücklichen Ereignisses stattfanden, waren auch die Prinzen Humbert und Amedeus, von denen der letztere auch zu Constantinopel wieder sich als König von Griechenland begrüsst sah, von ihrer orientalischen Reise heimgekehrt. Alle Städte und Landschaften Italiens, Rom und Venedig nicht ausgenommen, hatten der Princessin, um ihre Anhänglichkeit an das Haus Savoyen zu bekunden, Hochzeitsgeschenke gesendet, meist zugleich Muster der den verschiedenen Städten eigenthümlichen Industrieen. Auch der Papst, der Pathe der Princessin, dem sie ihre Verehelichung anzeigte, hielt sein Geschenk und seinen Segen nicht zurück.

Es waren nun, wie wir andeuteten, verschiedene Leute auf die Idee gekommen, die Amnestie Garibaldi's zur Verherrlichung der Vermählung der Princessin Pia aussprechen zu wollen. Indessen ward der Gedanke denn doch aufgegeben und mit der Amnestirung gewartet, bis die Princessin Genua verlassen hatte.

Am 5. October ward die Amnestie erlassen, da, wie der Bericht der Minister an den König sagte, einerseits die Ruhe völlig hergestellt sei, andererseits nicht bloss das ganze Land, sondern die ganze Welt die Amnestie wünsche. Es habe sich gezeigt, dass, wenn Garibaldi unter der königlichen Fahne Wunder thun könne, er doch wider sie nichts vermöge. Und so werde Aspromonte für alle ein heilsames Exempel sein. Die Deserteurs der regulären Armee wurden von der Amnestie ausgeschlossen; sie fielen der Militärpartei und deren Forderungen zum Opfer. Von den Kriegsgerichten zum Tode verurtheilt, wurden sie vom Könige zu lebenslänglicher Galeerenstrafe — begnadigt und erschrecklich behandelt. Einige waren so glücklich gewesen, zu entkommen. So hatten wir das Glück, in Poschiavo im Canton Graubünden im Sommer 1863 wohlbehalten einen tapfern Officier zu treffen, welcher zwar seine Demission als Hauptmann des regulären Heeres eingegeben, aber nicht gewartet hatte, bis er sie erhielt. Bei Aspromonte gefangen, gab er einen falschen Namen an und sass unter diesem auf dem Fort Fenestrelle. Obwohl überall gesucht, ward er doch nicht aufgefunden und, kaum war die Amnestie ausgesprochen, als er entlassen den Weg nach der Schweiz einschlug und sich dort in Sicherheit brachte.

Die Gefangenen wurden nun aus den Forts in Freiheit gesetzt und kehrten in ihre Familien und zu ihren Geschäften zurück. Die allgemeine Theilnahme

der Welt drehte sich in den ersten Monaten um das
Befinden Garibaldis. Als sich einige Tage nach
dem Ereigniss von Aspromonte das Gerücht vom Tode
Garibaldis verbreitete, brachen in den grossen Städten
Italiens, zum Theil selbst unter dem Belagerungs-
stande, Unruhen aus, die hie und da blutig unterdrückt werden mussten. Von allen Seiten drängten
sich Beweise der Liebe und Theilnahme in das Gefängniss Garibaldis oder bis an dessen Thore. Die
ersten Aerzte Italiens eilten herbei und berühmte
Chirurgen auch aus andern Ländern, um ihre Hülfe
anzutragen. Vielleicht waren aber der Aerzte nur
zu viele.

*Garibaldi in la Spezzia und Pisa. Seine Rückkehr
nach Caprera.*

Als mit dem Ausspruch der Amnestie die Gefangen-
schaft Garibaldis aufhörte, liess er zunächst sich
nach la Spezzia hinüberbringen. Sein Gesundheits-
zustand war sehr wechselnd und lange lebte die Welt
in Spannung und banger Erwartung, zwischen Furcht
und Hoffnung. Millionen erhoben sich monatelang
und legten sich wieder nieder mit der Frage: wird
das Leben Garibaldis erhalten werden, wird er
den vollen Gebrauch seines Fusses wieder erlangen?
Die Wunde war an sich sehr complicirt, complicirt
ward aber die Krankheit noch durch die Gicht, an
welcher Garibaldi litt. Endlich kam hinzu, dass die
Aerzte sich lange darüber umherstritten, ob die
Kugel noch in der Wunde stecke oder ob sie
schon wieder heraus oder gar nicht in der

Wunde gewesen sei. Endlich ward durch die
Anwendung eines sehr einfachen und sinnreichen
Apparates, den ein französischer Arzt, der Professor
Nélaton, angab, das Vorhandensein der Kugel in
der Wunde festgestellt und nun dieselbe zu Pisa,
wohin sich Garibaldi bald von la Spezzia hatte
bringen lassen, herausgezogen.

Eine Photographie der Kugel sah man alsbald
an allen Schaufenstern Italiens mit nachfolgender
Unterschrift;

> Fermando lui ch'è dell' Italia amore
> Volle ferir di libertade il capo
> E tirannia lasciò colpita al core*)

Ein anderer Gegenstand des Garibaldicultus war
eine Photographie des Stiefels, den er bei Aspromonte getragen und den die Kugel des italienischen
Bersagliere durchlöchert, dann die schöne Photographie, welche den General auf seinem Krankenlager
zu Pisa darstellt.

Am 23. November ward die Kugel aus der Wunde
entfernt, am 19. December verliess Garibaldi Pisa
und schiffte sich, begleitet von seinen Aerzten, von
denen der eine, Albanese, bis zum Herbst 1863 un-
unterbrochen bei ihm blieb, nach Caprera ein.

So verlief der eine Process, den Rattazzi zu
führen hatte und den er hätte gewinnen sollen, den
er aber unter allen Umständen verlieren musste, mit
dem Gericht sowohl als mit der Amnestie.

---

*) Aufhaltend ihn, der ist Italiens Liebe,
Wollt treffen sie der Freiheit Haupt
Und liess die Tyrannei ins Herz getroffen.

Durandos Note wegen Rom.

Wenden wir uns jetzt zu dem andern Process: Rattazzi hatte Garibaldi geopfert, er hatte die „Stärke und Energie" der Regierung gezeigt. Das italienische Volk verlangte jetzt etwas für seinen Garibaldi, und es verlangte noch andere und angenehmere Beweise für die Stärke und Energie der Regierung. Rattazzi hatte Garibaldi gehindert, Rom zu holen, er hatte ihn auf den ersten Schritten dazu aufgehalten. Dafür sollte jetzt Rattazzi selbst dem Volke seine Hauptstadt Rom geben.

Während Garibaldi sich in Sicilien und Calabrien bewegte, waren die Ministeriellen und Chorus machend alle Moderatenblätter nicht müde geworden, zu versichern, dass nur der Garibaldizug Schuld daran sei, wenn Rom den Italienern noch nicht gehöre, dass die Pfaffen und die Oesterreicher in Garibaldi ihren besten Freund und Verbündeten sähen, und was dergleichen Albernheiten mehr waren. Sie hatten dadurch erreicht, das Volk zu verwirren und lau zu machen. Nun aber war ja das Hinderniss aus dem Wege geräumt; Garibaldi war verwundet und gefangen. Jetzt heraus mit Rom! Keine Drohung hing mehr über Napoleons Haupt; in freier Selbstbestimmung konnte er Rom jetzt dem rechtmässigen Eigenthümer zustellen. Also heraus mit Rom.

Und in der That, im ersten Siegesübermuth, als sie sich eben den Schweiss von der ausgestandenen Angst von der Stirne wischten, im Bewusstsein ihre Pflicht gethan zu haben und ungeheuer froh darüber,

dass Alles so über Erwarten gut gegangen, richteten
die Biedermänner Rattazzi und Durando eine Note
an Napoleon, in der sie ihn mit kindlicher Naivetät,
submiss, aber ernstlich baten, ihnen doch Rom heraus-
zugeben.

Napoleon antwortete hierauf damit, dass er die
Annahme dieser Note verweigerte.

Nun richtete Durando am 10. September 1862
ein Circular an alle Repräsentanten des Königreichs Italien bei den auswärtigen Höfen, dessen
wesentlicher Inhalt folgender war: Garibaldi habe die
Hoffnungen der Regierung, dass er sich nach den
Ereignissen von Sarnico ruhig verhalten werde,
getäuscht, und die Fahne der Empörung für Rom
erhoben. Darüber sei es zu dem Tage von Aspromonte gekommen. Dieser Tag mit Allem, was sich
an ihn knüpfe, habe trotz des schmerzlichen Ein-
druckes, den er gemacht, doch den Beweis geliefert
für die Reife von Völkern, die erst seit gestern frei
geworden, für den Wunsch Italiens, seine Bestimmung
auf regelmässigen Wegen zu erfüllen, für die Anhänglichkeit der Nation an die constitutionelle Mon-
archie, für die Treue und Disciplin der Armee,
der beständigen und sicheren Hüterin der nationalen
Unabhängigkeit. Indessen möchten die europäischen
Cabinette sich nicht täuschen über den wahren
Sinn jener Ereignisse. Das Gesetz habe gesiegt;
aber mehr als je sei diesmal das Programm
der Freiwilligen der Ausdruck eines nationalen Bedürfnisses gewesen; Italien wolle
seine Hauptstadt; nur darum habe es sich Gari-

baldi in den Weg gestellt, weil es überzeugt sei,
dass die Regierung des Königs wissen werde,
ihre Aufgabe zu erfüllen, dem Land die Hauptstadt zu geben. Die Lösung der römischen Frage
sei nur dringender geworden. Die Souveräne
würden dies begreifen. Italien habe in diesen letzten
Tagen gewissermassen einen Sieg über sich selbst
erkämpft; es brauche danach nicht mehr zu be-
weisen, dass seine Sache, die Sache des Königs, um
den es sich geschaart, zugleich die Sache der europäischen Ordnung sei; Italien habe bewiesen, dass
es seinen Verpflichtungen gegen Europa nachzukommen
wisse, dass es ihnen immer nachkommen werde.
Den Mächten Europas erstehe nun die Pflicht, Italien
zu Hülfe zu kommen, die Vorurtheile und Hindernisse zu beseitigen, welche zu überwinden seien,
damit Italien zu wirklicher Ruhe gelange und Europa
darüber volle Sicherheit erhalte. Frankreich insbesondere müsse endlich begreifen, dass es nothwendig sei, den Antagonismus zwischen Italien
und dem Papstthum zu beseitigen, der lediglich
aus der weltlichen Herrschaft des letzteren hervor-
gehe. Wenn diese Beseitigung nicht erfolge, so
könnten sich Dinge ergeben, für die Italien unmöglich allein einzustehen vermöge, und welche die re-
ligiösen Interessen der ganzen katholischen Welt
und die Ruhe Europas aufs Ernstlichste berühren
würden.

Antwort Napoleons auf die Note Durandos. Die Veröffent-
lichung der Juni- Verhandlungen; der Minister- und
Gesandtenwechsel, das Auftreten Drouyns de Lhuys
gegen Italien.

Was antwortete nun Napoleon III. auf diesen
Nothruf an seine Adresse?

Bei sich selbst nicht in diplomatischen Redewen-
dungen, etwa folgendes:

Ihr Esel! Allerdings habe ich einigen Respect
vor der Revolution; vor der, welche in Garibaldi
repräsentirt wird, hatte ich sogar einige Scheu. Und
so lange Garibaldi auch nur lauernd auf Caprera
sass, hielt ich es allerdings für zweckmässig, wenigstens einigermassen zurückhaltend in der römischen
Frage aufzutreten, die sich für mich darauf reducirt:
dass ich festen Fuss in Italien behalte, solange
meine Interessen es noch nicht völlig statthaft
machen, dass ich meine Truppen aus Italien zurückziehe, worüber einzig und allein ich ein Urtheil
habe. Jetzt habt ihr selbst die Revolution in
Garibaldi beseitigt. Meint ihr wirklich, vor euch
Eseln solle ich mich geniren? Mein Gott! um meinet-
willen', wahrhaftig nicht um euch, die ich bis ins
Innerste verachte, werde ich meine Antwort auf
euren Blödsinn ein wenig diplomatisch einkleiden.
Käme es blos auf euch an, so würde mir der Fuss-
tritt vor euren Allerwerthesten als Antwort vollkommen genügen.

In der That, Napoleon proclamirte den vollständigen Sieg der clericalen oder päpst-

lichen Partei, welche an seinem Hofe und in seinem Cabinet durch die Kaiserin Eugenie und deren Anhang, in der Presse durch die von Laguerronière redigirte „France" vertreten war — in Formen, welche derjenige für schonend halten konnte, dem es darauf ankam, vor der Welt als geschont zu erscheinen.

Die diplomatische Einkleidung trat in einer Anzahl von Acten hervor, die wir nach der Reihe erwähnen wollen.

Zuerst liess Napoleon im Moniteur Ende September seinen Brief an Thouvenel vom 20. Mai und die Noten, welche Thouvenel und Lavalette miteinander über die letzten Juniverhandlungen in Rom gewechselt hatten, veröffentlichen.

Es ging daraus hervor, dass Napoleon von Anfang und bis auf die neueste Zeit in der römischen Frage durchaus nicht auf dem italienischen Standpunct gestanden hatte, nach welchem Rom die natürliche Hauptstadt Italiens war und diesem nach einer längeren oder kürzeren Frist nothwendig ausgeliefert werden musste, sondern, dass er den Papst und Italien — versöhnen wollte auf dem Boden neuer völkerrechtlicher Verträge, welche die weltliche Herrschaft des Papstes im Grundsatz — völlig unangetastet liessen. Die wesentliche Bedeutung der Veröffentlichung dieser Documente war, dass er vor aller Welt dem Ministerium Rattazzi sagte: du hast gelogen, wenn du den Italienern gesagt hast, dass ich ihnen Rom als ihre Hauptstadt zugestehe.

Wenn es nun Leute gab, die dumm oder frech
genug waren, die Veröffentlichung dieser Documente
den Italienern als einen Italien günstigen Act des
französischen Kaisers vorzureiten, so konnte er gewiss nichts dafür.

Napoleon folgerte aus dem Scheitern der Juniverhandlungen in Rom nicht, dass man überhaupt
mit dem Papstthum durch Unterhandlungen nicht
zu Ende kommen könne, sondern, dass man mit
ihm weiter verhandeln müsse. Und sicherlich
war das Weiterverhandeln zu Rom das sicherste
Mittel, Alles dort so lange in der Schwebe zu erhalten, bis aus eignen Gründen Napoleon ein Interesse daran hatte, andere Wege einzuschlagen. Aber
weder Thouvenel noch Lavalette konnten die
Unterhandlungen nach den Erfahrungen, die sie gemacht hatten, weiterführen und ebensowenig konnte
Benedetti sich dazu verstehen wollen, der Turiner
Regierung jetzt mit einem Male wieder ganz andere
Basen als bisher mundgerecht machen zu sollen, ganz
andere Vorspiegelungen als bisher vorzuerzählen.

Dieses gesammte diplomatische Personal also
musste gewechselt werden.

Kaum war Napoleon Mitte October aus dem Bade
Biarritz, wohin er sich bald nach dem Erreigniss
von Aspromonte begeben hatte mit der Ankündigung, dass er bis zu seiner Heimkehr von der römischen Frage nichts hören wolle, zurückgekehrt, als
an die Stelle Thouvenels, der die nachgesuchte
Entlassung unter den Zeichen der höchsten Anerkennung erhielt, Drouyn de Lhuys trat. Dieser

Diplomat, 1805 geboren, befand sich in der diplomatischen Carrière seit dem Jahre 1831; er war Minister des Auswärtigen der französischen Republik während des Feldzuges von Novara, während des Feldzuges der Franzosen gegen die römische Republik, wie es hiess zum Schutze des Papstes. Wie feindselig damals die französische Politik einem einheitlichen und grossen Italien sich zeigte, das wenigstens ist bekannt und wird von Niemandem bestritten. Während des Krimkrieges zeigte er sich beständig als den entschiedensten Vertreter der Politik, welche um jeden Preis das Bündniss mit Oesterreich fest halten wollte. Seit dem Jahre 1855 hatte er das Ministerium der auswärtigen Angelegenheiten verlassen und sich überhaupt zurückgezogen. Wenn dieser Mann jetzt von Napoleon III. hervorgeholt wurde, so musste das für Alle, die sich nicht muthwillig Augen und Ohren verschliessen wollten, für einen Schlag auf das Haupt Italiens und für keinen freundschaftlichen gelten.

An die Stelle Lavalettes, der schon am 28. September, angeblich mit Urlaub, in Wirklichkeit mit der festen Ueberzeugung nicht zurückzukehren, Rom verliess, trat der Prinz Latour d'Auvergne, von 1850 bis 1854 Gesandtschaftssecretär zu Rom und dort sehr beliebt, später Minister Frankreichs zu Weimar, dann zu Florenz, endlich 1858 eine kurze Zeit Gesandter zu Turin, wo er sich Italien nicht sehr günstig zeigte, dann zu Berlin. Auch diese Ernennung war so deutlich als möglich.

Benedetti, der anfangs November Turin verliess,

ward dort durch einen ganz gleichgültigen Diplomaten, den Grafen Sartiges, ersetzt. Bis zu dessen Eintreffen, welches nicht sehr beeilt ward, verwaltete die Geschäfte ein Legationsrath Graf Massignac. Drouyn de Lhuys zeigte seinen Eintritt in das Ministerium den Vertretern Frankreichs bei den auswärtigen Höfen durch ein Circular vom 18. October an, in welchem er zunächst aussprach, dass der Grund des Ministerwechsels in nichts Anderem als in der römischen Frage liege. Wie er nun aber diese Frage behandeln würde, das mochte man aus dem nachfolgenden Satze erkennen, den wir aus dem Circular herausheben: „Die römische Frage berührt die erhabensten Interessen der Religion und der Politik; sie erweckte auf allen Punkten des Erdkreises die achtungswerthesten Scrupel und bei der Prüfung der Schwierigkeiten, mit denen sie umringt ist, betrachtet es die Regierung des Kaisers als ihre erste Pflicht, sich gegen Alles das zu sichern, was von ihrer Seite der Gewalt gleichen oder was sie von der Linie des Verhaltens abbringen könnte, die sie sich vorgezeichnet hat."

Mit Durando und Italien speciell beschäftigte sich Drouyn de Lhuys in einer langen Note vom 26. October. Ehe wir aber auf deren Inhalt näher eingehen, müssen wir noch einer Note vom 8. October 1862 Erwähnung thun, welche Durando an den italienischen Gesandten zu Paris richtete. In dieser Note zog Durando aus der Veröffentlichung der Documente über die Juniverhandlungen zu

Rom den Schluss, dass auch die französische Regierung einsehe, man könne die römische Frage nicht länger in der Schwebe lassen, man müsse nothwendig eine Lösung suchen, welche die von Frankreich zu Rom beschützten Grundsätze einerseits, die Forderungen der italienischen Nationalität andererseits sicher stelle. — Die Besetzung Roms durch die Franzosen sei unter allen Umständen eine Verletzung des Princips der Nichtintervention. Aus welchen Gründen sie ursprünglich stattgefunden, jetzt komme es nur darauf an, ob sie sich für die Zukunft rechtfertigen lasse. Das doppelte Ziel des Kaisers Napoleon bei der Occupation sei immer gewesen, den Herrscher von Rom mit Italien wieder auszusöhnen und den Römern eine Regierung zu verschaffen, die den Anforderungen der modernen Civilisation entspräche. Lange möchte der Kaiser die Hoffnung haben nähren können, dass der Papst dem Rathe der Klugheit und Mässigung Gehör geben werde. Aber sei das auch jetzt noch möglich, namentlich nach dem grossen Pfingstconcil und Allem, was daran hänge? Nein! die Erklärungen Antonelli's an Lavalette stellten die Sache ausser allen Zweifel. Zu nichts als zu der entschiedensten Verweigerung jeden Entgegenkommens seitens der päpstlichen Regierung habe die vierzehnjährige Occupation Roms durch die Franzosen geführt. Deren Verlängerung jetzt könne den päpstlichen Hof nur in der Meinung bestärken, die französische Unterstützung werde ihm niemals fehlen, er möge sich benehmen, wie er wolle. Diese Occupation verhindere die Römer an jeder legitimen

Aeusserung ihrer Meinung über die Besserung ihrer
Lage, sie erhalte Italien in beständiger schädlicher
Agitation, indem sie indirect zu Rom auch Franz II.
schütze. — Die öffentliche Meinung in Europa könne
sich unter solchen Umständen die Fortsetzung der
Occupation Roms nicht anders erklären, als dadurch,
dass sie dem Kaiser Napoleon scheussliche Absichten unterlege, die er gewiss nicht habe.
Aber auch dies schade wieder den Interessen beider
Länder, Frankreichs und Italiens. Angesichts der
wiederholten revolutionären Versuche habe die kaiser-
liche Regierung vielleicht noch zweifeln können, ob
das Cabinet von Turin die nothwendige Stärke
habe, um die von ihm übernommenen Verpflichtungen
gegen Europa, für die öffentliche Ordnung und Ruhe
zu erfüllen. Nach Sarnico und Aspromonte
aber sei ein Zweifel daran nicht mehr erlaubt. Mit
der Occupation habe man die Probe so lange vergebens gemacht; jetzt scheine es an der Zeit, sie
einmal mit der Räumung zu machen, einmal zuzusehen, ob der Papst, sobald diese eintrete, nicht
andere Saiten aufziehen werde. Sobald diese Räumung erfolgt sei, sei das Turiner Cabinet ganz bereit,
Vorschläge über die Einrichtungen entgegenzunehmen,
durch welche die Unabhängigkeit des heiligen Stuhles
gesichert werden solle. Es werde Projecte einer
Verständigung in die reiflichste Erwägung ziehen,
welche, während sie die Gewissen der katholischen
Welt beruhigten, zugleich den legitimen Forderungen
der italienischen Nationalität Rechnung trügen.
Die italienische Regierung sei um so mehr geneigt,

diesen Weg zu betreten, als sie aus dem Briefe des
Kaisers an Thouvenel vom 20. Mai schliessen dürfe,
dass der Kaiser bei aller seiner zarten Sorge für die
Interessen der katholischen Welt doch anerkenne,
dass die Befestigung der bestehenden Zustände
in Italien eine Nothwendigkeit sei, sowohl für den
Frieden Europas als für die Ruhe der Gewissen.

Auf diese Note Durandos und auf dessen Circular vom 10. September antwortete nun Drouyn
de Lhuys zugleich durch seine Note vom 26.
October an den französischen Geschäftsträger in
Turin, Grafen Massignac.

In seiner Note vom 26. October setzt Drouyn
de Lhuys kurz auseinander, wie es mit der französischen Occupation Roms zugegangen, wie auch
die piemontesische Regierung 1849 nicht das Mindeste
dagegen gehabt habe. Schon sei der Kaiser ent-
schlossen gewesen, der Occupation Roms durch seine
Truppen ein Ende zu machen, als der Krieg von
1859 dazwischen gekommen. In dieser Zeit seien
die französische und italienische Politik Hand
in Hand gegangen, bis die Turiner Regierung nach
dem Frieden von Zürich geglaubt habe, die Ordnung der Dinge in ganz Italien in ihre Hand nehmen
zu müssen. Damit habe sich der Pariser Napoleon niemals einverstanden erklärt, immer habe
er dagegen protestirt, niemals eine Bürgschaft für
die Ereignisse des Jahres 1860 und deren Folgen
übernommen. Im Gegentheil habe er damals seinen
Gesandten abberufen; und als er dann das Königreich Italien anerkannt, da habe er dies rein that-

sächlich und mit jedem passenden Vorbehalt
gethan. Immer freilich habe er darauf hingearbeitet,
die Leidenschaften auf beiden Seiten zu mässigen,
die Geister einander zu nähern. — Nun sei Garibaldi gekommen und habe sich angemasst, was nur
der öffentlichen Gewalt zustehe, er habe eine Expedition vorbereitet, die gegen Frankreich gerichtet
gewesen sei; die Regierung des Königs Victor
Emanuel habe dies Unternehmen glücklich unterdrückt, aber dasselbe habe in Italien die anarchi-
schen Leidenschaften aufgeregt, und so den Stand
der Dinge verschlimmert; zu gleicher Zeit seien in
einem Nachbarland revolutionäre Demonstrationen erfolgt, welche darauf berechnet waren, den Entschlüssen
des Kaisers Zwang anzuthun. Es scheine überflüssig,
ausdrücklich zu bemerken, dass die französische
Fahne vor keiner Drohung zurückweiche, dass die
französische Regierung keinen Stachel von aussen
her dulde. Die Ereignisse von Aspromonte mit ihren
Anhängen hätten nicht den mindesten Einfluss
auf die Entschliessungen des Kaisers geübt, nicht in
der einen, nicht in der andern Richtung. Auch das
Circular des Generals Durando vom 10. September
nehme der französischen Regierung keineswegs die
Hoffnung, dass man dereinst zu einer Transaction
gelangen werde, welche Italien heute zurückweise,
auf welche Frankreich ruhig warten könne.
Durando mache das Programm Garibaldis
zu dem seinigen, er verlange, wie Garibaldi, die Räumung Roms, den Fall des
heiligen Vaters. Einer so offenen Erklärung

gegenüber sei für Frankreich jedes Discutiren, jedes
Suchen nach einem Mittelweg unnütz. Mit dieser
Erklärung habe sich Italien auf einen Weg begeben,
auf dem einfach Frankreich ihm nicht folgen
könne. Die Form der Durando'schen Note möge
so freundlich wie möglich sein, — diese Note habe
nur den einen Fehler, dass Frankreich darin durchaus
keinen Anhalt für Unterhandlungen finde,
wie einzig Frankreich sie betreiben könne. Verhandlungen würden stets über die Aussöhnung zweier
Principien, ihre Ausgleichung geführt, Verhandlungen schlössen daher aus, dass das eine der
Principien dem andern vollständig zum Opfer
gebracht würde. Im Uebrigen, wie das Turiner Cabinet wisse, sei die französische Regierung stets bereit, mit Sorgfalt und gutem Willen alle Vorschläge
des ersteren zu prüfen, welche der letzteren auf das
Ziel, welches sie sich gesteckt habe, hinzuführen
schienen.

Wir vermuthen, dass von Regierung zu Regierung
nie ein solennerer Faustschlag ertheilt worden ist,
als diese Note von Paris an Turin. Hohn, Verachtung, alles Schändliche, was ein Mensch dem andern
anthun kann, concentrirt sich in dieser Note. Also
ihr wolltet dasselbe, ruft Drouyn de Lhuys dem
General Durando zu, — dasselbe, was Garibaldi
wollte. Garibaldi wusste, dass sich das nicht durch
Verhandlungen erreichen lässt, — und ihr Esel,
seid ihr denn wirklich so grenzenlos dumm gewesen, dass ihr das nicht wusstet? dass ihr heute
mit einem Stück Papier in der Hand dieselben

Forderungen stellt, welche der Bannerträger der italienischen Revolution, des italienischen Lebens an uns
stellte mit dem Revolver in der Hand? und nachdem ihr selbst, unsere gehorsamen Knechte ihm den
Revolver aus der Hand gerungen? Meint ihr, wir
schenken dem Sclaven, was wir dem Herrn nicht zu-
gestehen wollten? Couche Nero!"

Leider muss man zugeben, dass Frankreich mit
seiner schnöden Antwort im vollständigsten Recht war.

Es half auch gar nichts, dass der Earl Russel
sich englischer Seits in ungefähr gleicher Weise wie
Durando über die Nothwendigkeit des Aufhörens der
französischen Occupation von Rom gegen die Regierung aussprach. Drouyn de Lhuys nahm sich sehr
lange Zeit, ehe er darauf antwortete, und als er am
Ende, am 25. November 1862, antwortete, sprach er
die Ansicht aus, dass England zu der römischen
Sache in einer unendlich entfernteren Beziehung stehe,
als Frankreich, dass es dabei nur ein so zu sagen
„academisches" Interesse habe, dass daher Frankreich gar nicht einfallen könne, sich in Erörterungen
über diese Frage mit England einzulassen, die eine
practische Bedeutung haben könnten, sondern nur in
solche, wie sie am Biertisch zwischen Nachbar und
Nachbar über eine Keilerei weit hinten in der Türkei
etwa vorfiele.

Earl Russel, Liebhaber academischer Erörterungen, war mit dieser Erwiderung Drouyn de Lhuys
auf seine academischen Bemerkungen vollständig zufrieden.

So gewann Rattazzi den zweiten Process, den
er zu führen hatte.

So gewann Rattazzi seine beiden Processe.

II.

Das Gericht. Der Fall des Ministeriums Rattazzi.

Die allgemeine Stimmung in Italien gegen Rattazzi.
Gründe der Missstimmung. Vergebene Versuche sie zu
beseitigen.

Wir haben gesehen, wie das Verfahren des Ministeriums Ratazzi vom Parlament, von der italienischen Bourgeoisie während des Verlaufs der
Ereignisse, die nach Aspromonte führten, eigentlich
vollkommen gebilligt wurde. Aber theils hatte
das Ministerium Rattazzi diese Zustimmung durch
Versprechungen, die es nicht erfüllen konnte, durch
Vorspiegelungen, die sich bald als unwahr erwiesen,
errungen, theils bleibt der Spruch wohl wahr: dass
auch diejenigen, welche den Verrath hinnehmen
oder selbst lieben, die Verräther hassen und
verachten.

Im niederen Volke hatte der gesunde Sinn
von vornherein mehr die Oberhand gehabt, obwohl
auch hier Dinge vorkamen, welche nicht sehr gefallen konnten. Dahin rechnen wir namentlich, dass,
sowie die Bourgeoisie zahlreiche Loyalitätsadressen

nach Turin sendete, ihre Liebe zum Heere verkün-
dete, um die Vergünstigung bat, für die neu zu errich-
tenden Truppenkörper die Fahnen besorgen zu dürfen,
— so nicht wenige Arbeiter- und Handwerker-
vereine Erklärungen losliessen, denen zu Folge
sie entweder sich mit Politik gar nicht beschäftigten oder wenigstens mit der italienischen Befreiungsgesellschaft gar nichts zu schaffen haben wollten.

Seit dem Tage von Aspromonte trat nun aber
auch die Bourgeoisie immer stärker und immer
entschiedener gegen das Ministerium Rattazzi auf.
Und der Gründe dafür waren sehr viele und ver-
schiedenartige.

Zuerst, wenn die Bourgeoisie auch die Expedition
Garibaldis nicht gern gesehen hatte, weil sie ihre
Ruhe zu stören drohte, war sie doch auch damit
nicht zufrieden, dass Garibaldi verwundet worden
war und dass man nun diesen Stolz Italiens gar vor
ein Gericht stellen wollte, wobei ein widerliches
Hin- und Herzerren vorkam, welches bei allem Grimme
Rattazzis doch wieder dessen Schwäche verrieth.

Zweitens hatte die Verhängung des Belagerungsstandes über die Südprovinzen in
diesen eine sehr grosse und allgemeine Verstimmung
hervorgerufen. Der Belagerungsstand, sagten die
Neapolitaner und Sicilianer, sei nicht nothwendig gewesen; man behandle ihre Provinzen wie er-
oberte Länder. Mit der Brigandage könne die
Regierung nie fertig werden; da halte sie es nicht
für nothwendig, Energie zu entwickeln, aber wenn
Garibaldi Italien seine Hauptstadt holen wolle,

seien schon 60 Bataillone vorhanden, die man nur
so hinzuwerfen brauche, um ihn aufzuhalten.

Lamarmora hatte den Belagerungsstand unter
anderm benutzt, um eine Hetzjagd auf die Camorristen zu beginnen, welche im Sommer 1862 wieder
kecker als zuvor ihr Haupt erhoben. Er liess deren
etwa 300 aufgreifen und in die Forts von Neapel
einsperren, verlangte dann aber von der Regierung,
dass sie von Neapel entfernt würden, da sie, so lange
nur in Neapel eingesperrt, wie eine Drohung über
den Häuptern der Einwohner schwebten, welche beständig fürchteten, dass die Camorristen alsbald wieder entlassen werden oder auch ausbrechen könnten.
Und weil diese Furcht herrsche, könnten die Ver-
wandten und Anhänger der eingesperrten Cammor-
risten ihr Handwerk nach wie vor mit Erfolg fort-
treiben und ihren Tribut erheben, als ob nichts
vorgefallen sei. Die Regierung dachte zuerst daran,
die gefangenen Camorristen nach der Insel Sardinien deportiren zu lassen, aber die Sarden wehrten
sich dagegen, dass ihr Land vollends zu einer Ver-
brechercolonie gemacht werden solle, wozu die Turiner Regierung schon mehrfach grosse Lust bezeigt
hatte. Verhandlungen mit England und Portugal
über die Erwerbung eines überseeischen Stückes
Land, wohin man die Camorristen schaffen könne,
zerschlugen sich zunächst, und so wurden denn für
jetzt die eingefangenen Camorristen grösstentheils
einerseits nach den Tremitiinseln, andererseits
in das Gefängniss der Murate nach Florenz ge-

schafft. Andere blieben in den Casematten des Castel
del Uovo zu Neapel.

Auch in der Armee zeigte sich im Sommer 1862
die Camorra stärker als früher. Mitte August
wurde im Uebungslager von San Maurizio, welches
unter dem Commando des Generals Boyl stand, eine
grosse Anzahl von Camorristen auf frischer That ergriffen und das Kriegsministerium sah sich veranlasst,
die strengsten Massregeln anzuordnen, um die Camorristen im Heere zu entdecken und sie zur Rechenschaft zu ziehen.

Dagegen nun, dass Lamarmora die Hand auf
die Camorristen legte, wendete man nichts ein.
Aber er trieb die Sache viel weiter. Er benutzte
den Belagerungsstand auch dazu, das Land zu ent-
waffnen, so dass, wie ein Deputirter späterhin bemerkte, nur die Briganden die Waffen behielten
und so lediglich der Bürger ausser Stand gesetzt
ward, sich selbst gegen sie seiner Haut zu wehren,
während doch die Soldaten nirgends dazu ausreichten.
Auch die letzten Mobilgarden, welche noch aus
der Statthalterschaft Cialdinis existirten, wurden unter
der Herrschaft des Belagerungsstandes aufgehoben.
Und bei der Jagd auf die Camorra ward in der Hauptstadt wie in den Provinzen vielfach ganz willkürlich
auf niederträchtige Denunciationen hin die Hand auch
auf ganz unschuldige Menschen gelegt, lediglich weil
sie der Actionspartei angehörten. Man schätzte
im October die Leute, welche ohne Process und
man wusste nicht wesshalb, während des Belagerungsstandes eingekerkert waren, in den neapolita-

nischen Provinzen auf mehr als 6000! Auch dabei
liess es Lamarmora nicht bewenden; auch ihm miss-
liebige Deputirte liess der ausserordentliche Commissar des Königs verhaften, obgleich sie doch, ausgenommen den Fall des Ergreifens auf frischer That,
durch ihr Privilegium dagegen geschützt sein sollten.
Am 26. August kamen mit dem Dampfer Abba-
tucci, den sie zu Messina bestiegen hatten, als
er von Melito nach der Landung Garibaldis an der
calabrischen Küste zurückkehrte, im Hafen von Neapel
die drei Deputirten Mordini, Nicola Fabrizi und
Cadolini an. Cadolini, welcher Eile hatte, be-
stieg sofort einen andern Dampfer, der nach Genua
ging. Mordini und Fabrizi begaben sich an's Land
und wurden hier am 27. August Vormittags mit vielem
Lärmen verhaftet. Erst 48 Stunden später wollte
man sie vernehmen. Sie verweigerten jede Auslas-
sung und protestirten gegen ihre Verhaftung, gestützt
auf ihr Privilegium. Ihre Proteste an den Kammerpräsidenten, sowie mehrere andere wichtige Briefe
wurden unterschlagen und nicht an die Adressen
befördert. Ebenso wie ihnen, ging es dem Deputirten
Calvino, der am 29. August von Palermo in
Neapel eintraf. Er ward verhaftet und wie sie in
das Castel del Uovo eingesperrt. Der Fall des Ergreifens auf frischer That lag nicht vor, sie wurden
vielmehr verhaftet auf Verdacht hin, dass sie nach
Neapel gekommen seien, um dort für Garibaldi
zu wühlen. Dieser Verdacht ward, was die Deputirten
Mordini und Fabrizi betraf, lediglich darauf begründet,
dass sie mit dem Abatucci angekommen waren,

was Calvino betraf, lediglich auf seine Persönlichkeit und den Umstand, dass er in Sicilien eine Zeit lang mit Garibaldi zusammen gewesen war. Dreissig Deputirte richteten auf die erste Nachricht von jenen Verhaftungen einen Protest an den Kammerpräsidenten Tecchio und viele andere schlossen sich ihnen an. Tecchio schrieb sich zwar nicht das Recht zu officiellem Einschreiten zu, wohl aber nahm er officiös die Sache in die Hand und verkehrte darüber mit Rattazzi. Lamarmora, als ihm die Anzeige von dem Protest der Deputirten gemacht ward, telegraphirte ungefähr nach Turin: er sei im vollkommensten Recht und jene protestirenden Deputirten sollten sich schämen, dass sie für solche Collegen die Hand aufhöben. — Dies, als es später während der Kammersitzungen bekannt ward, erregte einen ungeheuern Sturm in der Deputirtenkammer. Die drei Deputirten Mordini, Fabrizi und Calvino wurden thatsächlich erst am 6. October aus dem Gefängnisse des Castel del Ovo entlassen.

Wenn auch viele Deputirte den „rothen" Collegen die Verhaftung von Herzen gönnten, so ist es doch begreiflich, dass sie dies nicht öffentlich sagen durften und dass sie mit Rücksicht auf künftige Fälle, in denen vielleicht ein Anderer commandirte als Lamarmora, gezwungen waren, für den Schutz der Kammerprivilegien aufzutreten.

Alle Strenge des Belagerungszustandes verhinderte aber nicht, dass Monsignor Cenatiempo, der als Mitglied des im Jahr 1861 verhafteten Bourbonisten-comités vom Posilippo verurtheilt und eingesperrt

war, aber Appellation eingelegt hatte, während desselben aus dem Gefängniss von Santa Maria Ap-
parente glücklich entflichen und dass die Bourbonisten und Reactionärs de Christen und Bishop
Fluchtversuche machen konnten, die wenigstens nahe
daran waren zu glücken; dass auch die Muratisten
mit grosser Rührigkeit von Neuem ihre Netze aus-
warfen. Was? rief man in Neapel, wüthen also
diese „Piemontesen" nur gegen die Patrioten,
welche immerhin im Irrthum gewesen sein mögen,
welche aber doch lediglich ihr Leben nur daran
setzten, Italien die wahre Einheit zu erringen?
und haben sie dagegen alle Nachsicht und Milde für
die schuftigsten Reactionäre und Separatisten,
welche offenbar auf den Ruin der Einheit Italiens
hinsteuern? Wollen sie selbst denn diese Einheit nicht? Möchten sie es denn doch bald sagen,
damit wir nicht unnütz zu leiden haben.

In Sicilien trat am 5. October der General
Brignone von dem dornigen Amte eines ausserordentlichen Commissars ab und verliess überhaupt
bald die Insel, während der Comthur Monale am
6. October das ausserordentliche Commissariat übernahm. Durch Decret vom 27. September war bereits
den sechs bestehenden grossen Militärcommandos
ein siebentes für die Insel Sicilien mit den Terri-
torialdivisionen Palermo, Messina, Caltanisetta und
Syracus hinzugefügt worden.

Der Belagerungszustand in Neapel und
Sicilien ward erst durch Königliches Decret vom
16. November aufgehoben, jedoch so, dass die Prä-

fecten von Neapel und Palermo die ihnen durch
die Decrete vom 12. und 15. August übertragenen
Vollmachten für die neapolitanischen und sicilianischen Provinzen vorläufig noch behielten.

Das herrische und rücksichtslose Auftreten Lamarmoras in den neapolitanischen Provinzen,
welches Rattazzi zu unterstützen schien, die Art, wie
verschiedene Generale ihre Meinung in der garibaldischen Amnestiefrage zur Geltung zu bringen suchten,
von Rattazzi selbst um diese Meinung befragt, die
sich immer wiederholenden Fälle, dass wenn ein
Zeitungsblatt einmal eine Nachricht gebracht hatte,
die dem Officierscorps der Garnison nicht
gefiel, dieses sofort, durch eine Commission repräsentirt, dem Redacteur auf die Stube rückte, um ihn
zur Rechenschaft zu ziehen, — und was dergleichen
ähnliche Dinge mehr waren, erweckten nun ferner
in der „liberalen" Bourgeoisie eine ganz entschiedene
Furcht vor einer Säbelherrschaft, einem Präto-
rianerthum, einer militärischen Pronuncia-
mentowirthschaft, welche sie denn doch bei allen
ihren Versicherungen der Liebe für das „tapfere
italienische Heer" nicht gern gesehen hätten. Man
traute es Rattazzi zu, dass er zur Säbelherrschaft,
zu einem Staatsstreich, zu Octroyirungen schreiten
werde, sobald das Parlament ihm nicht zu Willen
sei, — vorausgesetzt nur, dass er es könnte und
dass ihm nicht eine ganz compacte, mächtige
öffentliche Meinung einen Strich durch diese Rechnung machte. Diese Besorgniss und diese Betrach-
tung wirkte nun von Ende September ab ganz be-

sonders darauf, dass die Bourgeoisie bei Zeiten sich gegen Rattazzi zusammenschloss. Auch die zahlreichen Processe, welche zu dem Ereignisse von Aspromonte in näherer oder fernerer Beziehung standen, wirkten, wie sie auch ausfielen, nicht günstig auf die Meinung in Bezug auf Rattazzi ein. Wir haben bereits des Processes gegen die 34 Officiere der Brigade Piemont gedacht, welche zu Adernó ihren Abschied gefordert hatten, ebenso des andern, welcher gegen die beiden Capitäns des Duca di Genova und des Vittorio Emanuele, Giraud und Avogadro wegen ihres Verhaltens vor Catania erhoben ward. So ward auch der General Mella wegen seines Benehmens in der ersterwähnten Sache vor ein Disciplinargericht berufen, welches sich durchaus nicht günstig über ihn aussprach. Der Oberstlieutenant Cattabene, welcher seit dem 13. Mai, aus den Tagen von Sarnico her verhaftet war, und den man absolut in den wegen des Diebstahls beim Banquier Parodi erhobenen Process verwickeln wollte, ward endlich nebst dem Capitän der Tartane Amor di patria und dessen Schiffsmannschaft am 27. September in Freiheit gesetzt, nachdem der Anklagerath keinen Grund zur Erhebung der Anklage gefunden hatte. Der Oberst Acerbi, weil er für Garibaldi geworben haben sollte, vor das Militärgericht gestellt, war schon am 27. August völlig freigesprochen worden.

Viel Aufsehen machte auch der Process gegen den General Millet de Faverges, welcher als Commandant des Lagers von Anzola bei Bologna, als er dasselbe in Civilkleidung verlassen wollte, von einer Schildwache, welche angewiesen war, Niemanden hinauszulassen, aufgehalten wurde und bei dieser Gelegenheit die Schildwache mit der Reitpeitsche behandelte und sie obenein krumm geschlossen, die ganze Nacht unter freiem Himmel liegen liess. Der General Faverges wurde wegen Missbrauchs der Amtsgewalt zu vier Monaten Gefängniss verurtheilt und zwei subalterne Offiziere, die in ähnlicher Weise in den Fall verwickelt waren, zu je zwei Monaten.

Ein weiterer Process, welcher vor den Turiner Assisen verhandelt wurde, reichte zwar in seinem Anlass in das Ministerium Ricasoli zurück, wurde aber dennoch vielfach gebraucht, um das Ministerium Rattazzi anzufeinden. Der Deputirte Boschi, Comthur des Mauritius- und Lazarusordens, unter Ricasoli Generalsecretär des Ministeriums der öffentlichen Arbeiten, war angeklagt, dass er sich mit einer bedeutenden Summe von einem Eisenbahnunternehmer habe bestechen lassen, um diesem ungehörige Vortheile zuzuwenden. Nachdem der Process den Turiner Gerichtshof eine volle Woche beschäftigt hatte, ward Boschi am 19. Nov. zwar freigesprochen, es war aber dabei eine solche Masse von Missbräuchen zur Sprache gekommen, dass ehrliche Männer beim Anhören ein förmlicher Schauder ergriff, und viele schlossen in ihrer wachsenden Abneigung gegen das Ministerium Rattazzi, dass es hier erst recht toll zugehen werde, wenn es schon früher toll genug zugegangen sei.

Palermo war am 1. October in den höchsten

Schrecken versetzt worden. Vom Morgen dieses
Tages an, und wie es hiess, auf ein gegebenes Signal,
hatte sich eine Anzahl von Uebelthätern, alle im
gleichen Anzug, insbesondere an der rothen Kappe
kenntlich, durch die Hauptstrassen von Palermo zer-
streut und indem sie sich wie in bittender Haltung
und unter Anrufung aller Heiligen den erwählten
Schlachtopfern näherten, hatten sie 13 Leute mit
dem Dolche zum Theil tödtlich verwundet, ehe die
Polizei energische Massregeln ergriffen hatte. Die
Mörder bildeten, so hiess es, eine Secte und diese
Secte erhielt auch sogleich einen Namen, den der
Erdolcher (Pugnalatori). Brignone, damals
noch ausserordentlicher Commissar des Königs, ordnete sofort die vollständige Entwaffnung der
Insel an, verbot den Verkauf und die Ausstellung
von Waffen irgend welcher Art, — eine Maassregel,
die allenfalls in den grossen Städten, aber wir wüssten nicht, wie im Innern des Landes durchgeführt
werden konnte.

Was wollte nun aber diese Mördersecte? was war
ihre Absicht? würde sich nicht heut oder morgen
das Schreckliche erneuern? Die Verwundeten gehörten fast sämmtlich dem niederen Volke an, —
ein politischer Grund, weshalb gerade diese Personen angefallen worden wären, konnte nicht gedacht
werden. Es konnte den Mördern oder denen, die
dahinter standen, von denen sie gedungen waren,
nur im Allgemeinen darauf angekommen sein,
Schrecken, Unruhe zu verbreiten, die Aufregung, welche noch aus der Aspromontezeit herrschte,

nicht zu Ende kommen zu lassen und dadurch neue
Unzufriedenheit mit der gegenwärtigen Regierung zu
erregen. Wer aber stand hinter den Mördern: die
Autonomisten im Allgemeinen, die Bourbonisten?
die mit ihnen verbündeten Clericalen? oder die
Actionspartei, die Mazzinisten? Man kann sich denken, dass die Antworten auf diese Fragen sehr ver-
schiedenartig ausfielen und dass deren nicht wenige
waren, welche den infamen unsinnigen Meuchelmord
den Mazzinisten in die Schuhe schieben wollten. —
Zum Beweise dessen beriefen sie sich auf ein auf-
reizendes Proclam des geheimen Comités zu
Palermo, vom 2. October datirt, aber schon früher
gedruckt, welches das Volk davor warnte, den Rat-
tazzianern und Lafarinianern ihren Willen zu thun
und sich zu offenem Kampfe herbeizulassen, zu
welchem jene heraushetzen wollten, weil sie mit ihren
50,000 Bayonnetten die Sicherheit des Sieges hätten.
Diesem Proclam aber folgte am 4. October ein anderes von demselben geheimen Comité auf dem Fusse,
welches den Meuchelmord der Erdolcher offen verdammte, weil mit ihm nur den bourbonistischen Interessen in die Hände gearbeitet werde, während es
allerdings zugleich, und mit Recht, die Massregel
der Entwaffnung, welche Brignone angeordnet
hatte, für eine ungeschickte erklärte, weil der Meu-
chelmörder damit doch nicht entwaffnet, sondern ihm
nur die Ausübung seines Handwerks erleichtert
werde.

Der Process der Erdolcher ward erst im Januar
1863 zu Palermo verhandelt und gerade in derselben

Zeit kamen wieder neue Mordanfälle vor. Von den zwölf Angeklagten wurden drei zum Tode, sieben zu lebenslänglicher Zwangsarbeit, einer, der Angeber, durch den man den übrigen auf die Spur kam, zu zwanzigjähriger Zwangsarbeit verurtheilt. Alles leitete auf bourbonistische Anstifter, wie im Voraus anzunehmen war, obgleich leider immer noch nur zu Vieles dunkel blieb. Bemerkenswerth bleibt es immerhin, dass die Mörder zu dem Tagelohn von drei Tari (also von 1 Franc 27 Centimes) angeworben waren. Am 1. October arbeiteten die 12 verurtheilten Mörder in drei Banden, jede unter einem Chef, auf dessen Wink sie unbedenklich zuzustossen hatten. Der offen bekannte Anwerber war einer von den drei zum Tode Verurtheilten, ein gewisser Castelli.

Schliesslich wurden auch die Erdolcher Urban Rattazzi auf die Rechnung gestellt. Eine solche Schreckenswirthschaft! rief der ruhige Bürger, trotz alles Belagerungszustandes! Und weiter kann Rattazzi nichts, als dass er uns unter solchen Umständen auch noch die Waffen wegnehmen lässt, mit denen wir uns wenigstens unserer Haut gegen die Mörder hätten wehren können!

Zu dem Allem stellte sich innerhalb des Ministeriums Rattazzi selbst in verschiedenen Fragen der inneren und der äusseren Politik ein bedenklicher Unterschied der Meinungen heraus, welcher namentlich in der Frage der Amnestirung Garibaldis und der Seinigen zur Sprache kam. Conforti gab wirklich seine Demission ein und erhielt sie am 30. September; der äussere Vorwand war, dass von ihm die Entsetzung verschiedener Magistraten in Sicilien auf Grund politischer Gesinnungsanklagen verlangt ward, zu welcher er sich nicht herbeilassen wollte. Sella, Pepoli, Depretis waren schwankend und obgleich sie mit ihrem Entlassungsbegehren hin- und herschwankten, konnte man nicht darauf rechnen, dass sie lange aushalten würden. Von Durando wünschte Rattazzi selbst befreit zu sein, da jener sich beim Kaiser Napoleon sehr missliebig gemacht hatte. Aber die Gelegenheiten, welche Rattazzi passend schienen, um sich Durandos zu entledigen, schienen wieder diesem nicht genehm. Dieser innere Zwiespalt im Ministerium, welcher allerdings Niemanden Wunder nehmen konnte, der da wusste, wie dieses Ministerium zusammengesucht worden war, trug natürlich zur Erhöhung der Stärke der Gegner bei, und die grosse Masse der Leute, welche vielleicht noch geneigt gewesen wären, das Ministerium Rattazzi weiter wirthschaften zu lassen, fragte sich schliesslich: was ist denn das Ministerium Rattazzi? Was bleibt, von ihm übrig, wenn wir Rattazzi selbst ausnehmen? Ist es nun der werth, dass wir ihn noch tragen? Was ist denn auch er ohne gerade dieses Ministerium? Also fort mit Schaden! je eher desto besser.

Alles indessen möchte noch gegangen sein, wenn Urban Rattazzi seinen grossen römischen Process vor dem Tribunal Napoleons hätte gewinnen können. Daran aber mussten auch die geduldigsten und sanftmüthigsten Leute nach den von Paris einlaufenden schnöden Antworten, wie sie noch keinem Mini-

sterium vorher geworden waren, wie sie niemals gekommen waren, so lange Garibaldi, wenn auch
noch so ruhig und abgeschieden, doch gesund oder
nicht verwundet auf seinem Caprera sass, sehr
bald die entschiedensten Zweifel hegen. Die Versicherungen, dass Garibaldi blos Rattazzi in dem, dem
Abschlusse nahen Geschäft wegen Roms gestört
habe, wollten durchaus nicht mehr ziehen. Mit jeder
Veröffentlichung neuer Documente verloren sie an
Halt, erregten sie mehr Spott und zuletzt Ekel.
Während Garibaldi immer mehr im Heiligenschein,
Aspromonte als sein Golgatha, von dem er siegreich
auferstehen werde, erschien, während er in Neapel
immer entschiedener dem heiligen Januarius Con-
currenz machte, zeigte sich Rattazzi immer mehr
nur in dem Lichte des blassen Judas, der Italien im
Dienst seiner Feinde das Schwert aus der Hand gerungen habe, mochte er dabei nun der dumme
Teufel oder der bewusste Schandbube gewesen
sein, der unter allen Umständen ein verächtlicher
Tropf blieb.

> Blick hin, Rattazzi — Ganelon,
> Blick hin auf deines Königs Thron,
> Und dann blick' auf die Schmerzensstatt,
> Und sprich: Wer ist von beiden matt?
> Der König in des Kaisers Joch?
> Der Held, der fallend ruft und doch!?
> Der Tag wird kommen!*)

*) Diesen Vers, wie denjenigen, mit welchem wir das dritte
Buch geschlossen haben, haben wir dem herrlichen Gedichte
entnommen, welches Georg Herwegh unmittelbar nach dem
Ereigniss von Aspromonte, lange bevor die verhängnissvolle
Kugel in der Wunde gefunden war, schrieb; — weil wir ge-

Auch seine von Rattazzi so oft ruhmredig ange-
priesenen diplomatischen Triumphe, wurden in
Italien nachgerade mit ganz andern Augen ange-
schaut. Obenan unter diesen stand, wie bekannt, die
Anerkennung des Königreichs Italien durch
Russland und durch Preussen. Was soll diese
Anerkennung? ist sie ein Triumph? hat uns nicht
durch sie Rattazzi gerade die Hände gebunden, selbst
nach demjenigen, was öffentlich bekannt geworden ist,
ganz abgesehen von dem, was in den geheimen Ar-
tikeln stehen mag, von denen wir nichts wissen?
Selbst das öffentlich bekannt Gewordene zeigt doch
soviel, dass Rattazzi jene Anerkennung nur erhielt,
indem er die Erhaltung der Ruhe seitens Italiens
versprach, sich dafür verbürgte, dass Italien den Frieden Europas nicht stören werde, also dass Italien
auf jede der Thätigkeiten verzichte, welche un-
weigerlich nothwendig sind, damit es zu seiner
vollständigen Constituirung gelange. Also auch damit hat Rattazzi weiter nichts gethan, als dass er
uns die Hände binden liess.

wisse Gedanken, die sich an Aspromonte knüpfen, weder
wahrer noch präciser auszudrücken wüssten, als sie hier,
obenein in schöner Form gegeben sind. Das deutsche Ori-
ginal des Gedichtes ist unseres Wissens zweimal gedruckt
worden, einmal in der Berliner Reform, das zweitemal als
Anhang zu der deutschen Uebersetzung der von Guerzoni
und seinen Leidensgefährten auf der Feste Bard verfassten
„Voce dalle Prigioni". Ins Italienische ist das Gedicht einmal von Francesco dal' Ongaro in Florenz, dann von Sesto-
Giannini in Neapel übersetzt worden. Es ist die schönste
und wahrste Verherrlichung des Tags von Aspromonte, wie
er sich im Herzen der Völker abbildet.

So fing allmälig auch der Spiessbürger zu raison-
niren an.

Und seit langer Zeit her war von Frankreich
aus nicht der Muratismus so gepredigt worden,
nie mit so frecher Stirne von daher wieder die
italienische Conföderation empfohlen worden,
als das Einzige Vernünftige, als es grade jetzt wieder
geschah, wo man das Geschenk Roms als die natürliche Belohnung für die Dämpfung des garibaldischen
Aufruhrs vom Kaiser der Franzosen erwartete. Auf
diese Erwartung, auf diese Forderung ward jetzt
gradezu geantwortet: die Italiener möchten doch ein
Einsehen haben und Neapel, oder besser Florenz
— da sie Neapels allerdings auch nicht sicher wären, —
zu ihrer Hauptstadt machen, da Turin allerdings unpassend läge, da sie sich doch aber selbst sagen
müssten, dass sie Rom nun und nimmer haben
könnten.

Das war für alle Unitarier, also auch für die
Mehrzahl der Gebildeten, mochten sie übrigens welcher Parteischattirung immer angehören, ein etwas sehr
starker Tabak.

Und das war nun die Frucht der energischen
Politik Ratazzis!

Wiedereröffnung des Parlaments.

Man kann sich nach allem Gesagten leicht vorstellen, mit welchen Aussichten Rattazzi der Kam-
mereröffnung entgegenging. Er hatte sie so lange
als möglich hinausgeschoben; er hatte, um neue Er-
wartungen zu erwecken, verbreiten lassen, dass er

sich selbst nach Paris begeben werde, um dort die
Dinge in Ordnung zu bringen. Verdächtig war nur
dabei, dass hinzugesetzt ward, die Reise des Ministerpräsidenten sei von vorgängigen Abmachungen mit
dem Kaiser Napoleon abhängig. Nun, was man von
diesen Abmachungen hörte, waren sehr entschiedene
Grobheiten, welche von Paris her der Turiner Regierung ins Gesicht geschleudert wurden, die sie hinnahm, — hinnehmen musste und weiter gar nichts!
Auch den Belagerungszustand in den Südprovinzen hob Rattazzi kurz vor der Wiedereröffnung
der Kammern auf. Aber auch dies hatte keinen Einfluss mehr. Die Moderaten hatten dem Ministerium
Rattazzi schon förmlich Fehde angesagt. Buoncompagni hatte in ihrem Namen eine Brochüre losge-
lassen, in welcher er im Wesentlichen die Nothwendigkeit nachwies, dass dem Ministerium Rattazzi ein
Ende gemacht werde.

Rattazzi hatte keine andere Alternative, als die
Kammer aufzulösen oder selbst sich zu empfehlen.
Die Erbitterung des gesammten Volks gegen ihn
und die innere Schwäche des Ministeriums machten
jetzt die erstere Maassregel unmöglich, welche
andernfalls mit der Verkündung eines freieren Wahlgesetzes eine sehr wohlthätige hätte sein können, —
denn diese Kammer war in Wahrheit noch viel
schlechter als das Ministerium Rattazzi.

Rattazzi wollte nicht ohne Kampf weichen, er
wollte nicht den Schein haben, dass er vor diesen
Leuten ausrisse.

Die Interpellation Buoncompagni.

Am 18. November wurde also das Parlament wieder eröffnet; an dem gleichen Tage kündigte Buoncompagni seine Interpellation über das politische
Verhalten des Ministeriums im Innern und im Aeussern
an. Am 20. November begann die Verhandlung
dieser Discussion.

In dem Kampfe von Aspromonte, sagte Buoncompagni, habe das Gesetz gesiegt, und insofern
nichts Anderes in Betracht käme, wäre Jedermann
zufrieden gewesen und das Ministerium habe keine
Kritik zu gewärtigen. Aber ein ganz anderer Gedanke dränge sich auf: der nämlich, ob nicht das
Ministerium selbst in irgend einer Weise an
jenen Ereignissen die Schuld trage. Jetzt, da
der Kampf beendigt, sei es Zeit, diese Frage auf-
zuwerfen. Die Majorität der Kammer habe darüber
zu entscheiden. Die Majorität, welche das Ministerium
Rattazzi gestützt habe, sei nicht geeignet gewesen,
ihm den nothwendigen moralischen Beistand zu ge-
währen; diese Majorität sei sehr bunt zusammengesetzt, in ihr sei auch die ganze Ungeduld gewisser
Bestrebungen vertreten gewesen, welche sich mit der
guten constitutionellen Ordnung nicht vertrügen, diese
Ungeduld, welche sich schliesslich um Garibaldi
gruppirt habe. Garibaldis persönlicher Verkehr mit
Rattazzi musste unter allen Umständen das von
diesem verfolgte Princip der Versöhnung der Parteien
zu einer Gefahr für den Staat machen. Alle Welt
glaubte an ein Einverständniss zwischen Rattazzi und Garibaldi und alle Welt in Italien und

ausserhalb Italiens gerieth in Unruhe darüber. Die Acte des Ministeriums seien nicht geeignet gewesen, die Besörgnisse zu verscheuchen. Als selbst das Proclam des Königs vom 3. August gekommen, sei es so spät gewesen, dass auch jetzt noch viele Leute ihren Glauben, an das Einverständniss behielten. Er, der Redner, frage mit Beziehung darauf, welches die Acte der Regierung gewesen seien, um die Ausführung der Projecte des Generals Garibaldi zu hindern. Er frage ferner, wesshalb das Ministerium nach dem Ereigniss von Aspromonte nicht sofort das Parlament berufen habe, da es doch jetzt offenbar von der höchsten Wichtigkeit gewesen sei, das Land aufzuklären, zu beruhigen, zu versichern. Mit der Amnestirung Garibaldis und der Seinen sei das ganze Land einverstanden gewesen, aber nicht mit dem Verzögern und Hinschleppen dieser Sache, durch welche ihr alle Grösse und aller Glanz genommen wurde. Der Belagerungszustand in den Südprovinzen sei unnöthig gewesen; da er nun aber einmal erklärt worden, so hätte wenigstens das Ministerium die geeigneten Mittel anwenden sollen, um wirklich die Ordnung herzustellen. Das habe es nicht gethan. Wesshalb nicht? Eine Regierung dürfe sich nicht im Parlament eine Majorität nach ihrem Ebenbilde schaffen wollen, sondern müsse aus dem Schoos der Parlamentsmajorität hervorgehen, das Gesetz dieser Entstehung darstellen, wenn sie die nöthige moralische Autorität haben wolle. Die Alliance mit Frank-

reich, ihr Fortbestehen, sei jedenfalls höchst er-
wünscht; sie dürfe aber nicht in eine Unterwerfung
Italiens unter Frankreich, eine vollständige Abhängig-
keit von Frankreich ausarten. Sie diesen Character
annehmen lassen, sei das beste Mittel, sie unpopulär
in Italien zu machen.

Mordini besprach darauf mit grosser Mässigung
den Fall seiner Verhaftung und derjenigen seiner
Collegen während des Belagerungszustandes in Neapel;
er führte aus, dass der Belagerungszustand die constitutionellen Garantieen nicht aufhebe, und knüpfte
daran die Bemerkung, dass eine Regierung, welche
auf ihrer Fahne auf der einen Seite Aspromonte,
auf der andern Seite die Note Drouyns de
Lhuys vom 26. October trage, wahrlich nicht geschaffen sei, die Einheit Italiens zu erhalten, geschweige
denn, sie vollständig herzustellen.

Am 21. November setzte Massari die Angriffe
auf das Ministerium fort: die Politik Cavours sei
der Bund der Tradition mit der Revolution gewesen,
aber nicht mit kleinen Intriguen, sondern in der
Wahrheit. Das Gegentheil davon sei die Politik
Rattazzis. Wie unter Cavour ein Aspromonte
unmöglich, so sei es nothwendig gewesen unter Rattazzi. Er griff die Regierung wegen der Verhängung
des Belagerungszustandes über die Südprovinzen,
wegen ihrer Ohnmacht gegen die Brigandage, wegen der Schwäche nach Aussen, wegen der Verschwendung im Innern an. Er rieth schliesslich der
Kammer: sie möge ihre Pflicht gegen das
Ministerium thun, gegen dies stimmen, wenn es

auch ihr letzter politischer Act sein sollte. Er stellte
also schliesslich die Möglichkeit auf, dass Rattazzi
kurzen Process mit der Kammer machen und sie
auflösen werde.

Als die Reihe zu sprechen an de Sanctis kam,
trat dieser, welcher natürlich als Mann Ricasolis
auch gegen Rattazzi sein musste, um einige Ab-
wechslung in die Discussion zu bringen, das Wort
an den Advocaten Boggio ab, welcher in langer
Rede die Vertheidigung Rattazzis führte, sich
dabei einmal hauptsächlich der Tagesordnungen be-
diente, durch welche die Kammer früher die Politik
Rattazzis gebilligt, dann auch des Kunstgriffes, zu
behaupten, dass Rattazzi mit Schwierigkeiten zu kämpfen gehabt habe, welche ihm von Ricasoli geschaffen und hinterlassen waren. Durch letzteres
reizte natürlich Boggio, der seine Rede erst am 22.
November zu Ende brachte, aufs höchste alle Diejenigen, welche die frühere Ricasolische Majorität
gebildet hatten, er trug so nicht wenig dazu bei,
die Discussion immer gereizter, immer feindseliger,
giftiger und scandalreicher zu machen.

Es sprachen nach Boggio de Sanctis und
de Cesare, und eine Bemerkung des letztern rief
Pepoli in die Schranken, der sich veranlasst fand,
auf die Ereignisse von 1859 und 1860 in der Romagna zurückzukommen. Der Streit zwischen de
Cesare und Pepoli, in welchen sich unter Andern
auch Mellana für Rattazzi einmischte, füllte noch
einen grossen Theil der Sitzung vom 24. aus, so
dass Alfieri, der schliesslich, als man zur Tages-

ordnung zurückkehrte, mit den Argumenten Boggio's
das Wort für das Ministerium Rattazzi ergriff, unter
allgemeiner Unaufmerksamkeit und vor immer leerer
werdenden Bänken sprach.

Am 25. November enthüllte Nicótera alle Verhandlungen Rattazzis mit der Linken, alle die Versprechungen, welche er der Linken gemacht und die
so sonderbar damit contrastirenden an die Rechte,
von denen Alfieri geredet. Die unparlamentarische
Ausdrucksweise des Redners weckte mehrmals sehr
entschieden Sturm und Scandal; Cugia rechtfertigte
sein Verhalten in Sicilien im August und Miceli
brachte den brieflichen Verkehr Garibaldis mit
Albini wegen der Einschiffung des ersteren zur
Sprache.

Fünf Tage hatte nun Rattazzi sich angreifen
und vertheidigen lassen; am 26. November endlich
nahm er selbst das Wort: Er stellte sich sofort
und zum Eingang als Retter der Dynastie und
des Landes hin, indem er doch zugleich versicherte,
dass er sich mit der Widerlegung der persönlichen
Angriffe auf ihn nicht befassen werde. Er gab eine
kurze Geschichte der Ereignisse seit 1859, eine
Uebersicht der Schwierigkeiten, die daraus für jedes
Ministerium, also auch für das seinige entstanden. Indem er das Princip der Versöhnung aufstellte, habe er
gedacht, einerseits alle Kräfte des Landes, auf welche
dieses überhaupt rechnen durfte, für den Fortschritt
nutzbar zu machen, andererseits die revolutionäre
Ungeduld in die passenden Schranken zu bannen,
Niemandem aber das Recht zu dem Glauben gegeben,

dass die Regierung die Leitung der Dinge jemals
aus der Hand geben und einem Andern überlassen
wolle. Als Paradepferd ritt er nun die so glücklich
durchgeführte Fusion der Südarmee mit der regulären vor, diese Consequenz des Versöhnungsprincips,
den besten Beweis für dessen Stichhaltigkeit. Mit
Schmerzen, sagte er, habe die Regierung Garibaldi bekämpft, aber sie habe es in dem Glauben
gethan, damit dem Lande einen grossen Dienst zu
erweisen. Von beiden Seiten her würden Anklagen
wegen Aspromonte gegen das Ministerium geschleudert. Man werfe ihm Schwäche vor. Das Ministerium, welches Garibaldi bekämpft habe, könne wahrhaftig nicht schwach sein, für die Stärke dieses
Ministeriums zeugte auch das Steigen der italienischen
Papiere, deren jetziges Fallen lediglich von den
Redereien gegen dieses Cabinet in den letzten Tagen herrühre. — Rattazzi wies auf seine diplomatischen Triumphe, die Anerkennung Preussens
und Russlands hin; er wehrte sich, zum Theil auf
spasshafte Weise, gegen den Vorwurf, dass er auf
unehrliche Weise sein Ministerium gebildet, durch
geheimes Pactiren mit extremen Parteien, mit Garibaldi. Er behauptete, dass er in der Zeit von Aspromonte alles Mögliche gethan, um die Bevölkerungen
von dem unglücklichen Wahne abzubringen, als befinde er sich im Einverständniss mit der Revolution,
mit der Insurrection; er schritt zum Angriff und
warf es der Kammer vor, dass sie sein Associa-
tionsgesetz zurückgelegt, als er es eingebracht,
dass sie ihn damit zur Anwendung von Ausnahms-

massregeln im entscheidenden Moment gezwungen; er vertheidigte die Sendung des Marchese Pallavicino nach Palermo als Ausfluss des von ihm angenommenen Princips der Versöhnung der Parteien, wenn auch Pallavicino das Vertrauen der Regierung getäuscht habe; er vertheidigte die Verhängung des Belagerungsstandes über Sicilien und Neapel; wenn der Belagerungsstand die Brigandage in den Südprovinzen nicht reducirt habe, so habe er mindestens ihr weiteres Umsichgreifen in gefährlichen Zeiten verhindert. Rattazzi vertheidigte auch die Verhaftung der Deputirten in Neapel auf Befehl Lamarmoras und erregte einen furchtbaren Sturm, als bei dieser Gelegenheit die impertinenten Depeschen Lamarmoras, welche dem alten Wrangel und dessen Verständniss von Verfassungszuständen Ehre machen konnten, mitgetheilt wurden. Rattazzi führte ferner die Hindernisse auf, welche der sofortigen Berufung der Kammer nach dem Tage von Aspromonte im Wege gestanden, da sie eben so kurz vorher erst vertagt worden war, er sprach, sich schwach wehrend über die Vorwürfe, die dem Ministerium über die Art und Weise gemacht waren, wie es endlich die Amnestie Garibaldis zugestanden hatte. Rattazzi wollte am 27. November fortfahren und an diesem Tage sich mit seiner auswärtigen Politik beschäftigen. Aber viele Redner traten in Personalfragen auf; namentlich gaben Nicótera und Crispi weitere und ausdrücklichere Enthüllungen Preis über die Zeit und die Umstände, in der und unter denen Rattazzi ans Ruder gekommen war, so

wie über verschiedene Umstände, die sich an das
Ereigniss von Aspromonte knüpften. Auch die
Angelegenheit der Abgeordneten Mordini, Fabrizi
und Calvino kam in Folge der Bemerkungen Rattazzis ausführlicher zur Sprache. Diese Debatten
gingen auch am 28. November fort. An diesem
Tage sprach eines der Häupter der Linken, Brofferio, für das Ministerium Rattazzi, wie er es einmal schon beiläufig gethan. Wie Brofferio sich, als
von der Coalition für die Erhebung Rattazzis im
März 1862 die Rede war, gegen dieselbe erklärt
hatte, obgleich persönlich mit Rattazzi befreundet, so
erklärte er sich jetzt gegen die Coalition zur
Entsetzung Rattazzis. Sehr richtig bemerkte er,
dass für die conservative, moderate Majorität hier
nur eine Sesselfrage, eine Ministerpersonen-
frage vorliege, gar keine Principienfrage, dass die
Linke eigentlich gar nichts damit zu thun habe,
und dass sie sich jedenfalls unendlich täusche, wenn
sie sich etwa einbilde, dass nach dem Abgange Rattazzis ein Ministerium folgen werde, welches ihr
conveniren könne. Petrucelli della Gattina
redete mit dem gewöhnlichen Geist über die Stellung
Napoleons zur römischen Frage. Oftmals erregte
er Scandal und Heiterkeit zugleich, so, als er die
gegenwärtige Politik der Linken die Politik der
Selbstbefleckung nannte. Einige seiner Worte
über die Slaven erweckten in dem sanften Bixio
eine zarte Rührung über die slavischen Völker, welche
er jedenfalls nicht für andere, cultivirte Völker fühlte,
als er im Parlament es gerade war, welcher die so-

viel Aufsehen in der Schweiz erregenden Worte Durandos über die dereinstige Annexion des Cantons
Tessin veranlasste. Toscanelli sprach darauf
gegen das Ministerium, er wiederholte Vieles, was
schon gesagt war; Boggio, behauptete er, habe im
Wesentlichen in seiner Rede für Rattazzi nichts Anderes entwickelt, als dass, wenn die Welt nicht
geschaffen worden wäre, auch Aspromonte
unmöglich gewesen wäre. Als er am 29. November seine Rede fortsetzte, führte er namentlich
aus, wie alle einzelnen Thatsachen nothwendig zu
dem Schluss bringen mussten, dass die Regierung
mit Garibaldis Auftreten in Sicilien einverstanden sei. Toscanelli griff aber auch, wie
wir denn diese Disharmonie öfter finden, Conforti
gerade wegen dessen grösster Verdienste, nämlich
wegen der Massregeln gegen die höhere Geistlichkeit, zum Schutze der niedern gegen die höhere Geistlichkeit und zum Schutze der Staatsgewalt gegen die Kirche, an, welche derselbe theils getroffen,
theils als Gesetzprojecte vorgebracht hätte. Toscanelli griff Conforti an, weil er wider den Satz:
freie Kirche im freien Staate! gehandelt habe. Conforti antwortete vortrefflich auf diesen Vorwurf wegen der schönen Redensart von der freien Kirche im
freien Staate. Da Mosca hierauf einen Antrag auf
Schluss, bezüglich Abkürzung der Debatte, einbrachte,
sprach Ferrari dagegen, weil die jetzt verhandelte
Frage eine der wichtigsten sei, mit denen die Kammer
zu schaffen gehabt, weil es sich darum handle,
zu wissen, ob die Regierung aus den Gren-

zen der Constitution herausgetreten sei
oder nicht.

Durando nahm nun das Wort, um die auswärtige Politik der Regierung zu rechtfertigen
und zu vertheidigen. Dieser Biedermann, — der
Hauptinhalt seiner Rede war begreiflicher Weise die
römische Angelegenheit, — gab auch zu verstehen,
dass Garibaldis Unternehmen lediglich störend
in den Entwicklungsgang der römischen Frage ein-
gegriffen habe. Er fügte hinzu, dass er die Unterhandlungen mit Frankreich über Rom wieder aufnehmen werde, sobald das Ministerium wisse, ob es
das Vertrauen der Kammer noch habe oder nicht
mehr. Trotz Allem, trotzdem, dass aus einigen französischen Schriftstücken und Aeusserungen Napoleons III. das gerade Gegentheil hervorging, stellte
mit unglaublicher Keckheit der ergraute Biedermann
die nahe glückliche Lösung der römischen
Frage in Aussicht. Dafür aber antwortete ihm
auch ein allgemeiner Scandal und Lärmen, als
er seine Rede mit den Worten Julius Cäsars schloss:
Alles gewinnt man mit Beständigkeit und Geduld!

Auf Moscas Antrag ward beschlossen, dass auch
am 30. November, obgleich er ein Sonntag war, eine
Sitzung stattfinden solle. Am letzteren Tage setzte
Ferrari, der noch am 29. zu reden angefangen,
seine Rede fort. Er entwickelte, dass jede Ueberein-
kunft zwischen Papst und Italien, die überhaupt
von jenem angenommen werde, Italien ungünstig,
schädlich, seiner Würde zuwider sein müsse, dass
unter den jetzigen Umständen an nichts Anderes zu

denken sei, als daran, die Würde Italiens zu retten,
und dass vor der Hand in dieser Beziehung nichts
anderes geschehen könne, als dass man mit den unnützen Verhandlungen mit Napoleon über die römische
Frage ein Ende mache. Ferrari suchte zu zeigen,
dass die Regierung mit der Verhängung des Belagerungszustandes über die Südprovinzen ,und Aehn-
lichem aus den Grenzen der Verfassung herausgetreten sei, und auch mit Acten, von denen das
nicht gesagt werden könne, habe sie sich ungeschickter
Weise um das öffentliche Vertrauen gebracht. Er
schilderte die unglückliche Lage Siciliens, dessen
Unzufriedenheit mit der Regierung, und rief einen
Sturm und viele beflissene Widerlegungen durch die
Behauptung hervor, dass sich in Sicilien nirgends das Bild des Königs Victor Emanuel
finde. Endlich entwickelt er, wie die ganze Kraft
der garibaldischen Bewegung auf dem Glauben des
Volkes, dass Garibaldi im Einverständniss mit
dem König sei, auf einer Zweideutigkeit beruht habe; die Zweideutigkeit müsse endlich aufhören. Er schliesst mit der Aufstellung, dass nur
die Versöhnung und Einigung- aller Parteien zur
Rettung führen könne.

Brignone, der gewesene ausserordentliche Commissar des Königs in Sicilien, schrie, sobald er das
Wort erhielt: allerdings existire eine Zweideutigkeit, es sei die, dass man die Rednerbühne
der Kammer in ein Theater verwandeln wolle, wo
kindische Geschichten recitirt würden. Er rief
dadurch mehrfachen Unterbrechungen; seine ganze

Rede war vielmehr ein bisweilen höchst unparlamen-
tarischer Angriff auf die Linke, als eine Recht-
fertigung seiner eigenen Verwaltung in
Sicilien. Daran knüpften sich viele persönliche
Bemerkungen, und wiederum eine Discussion über
den Antrag auf Schluss, deren Resultat war, dass
man erst wolle die Minister sprechen lassen, und
dann den Antrag auf Schluss weiter in Betracht
ziehen.

Nun kam Depretis an die Reihe; der eitle
Mann sprach sehr viel von seiner Person; er con-
statirte indessen dabei, dass er in seinem ganzen
parlamentarischen Leben noch nie eine so lebhafte,
furchtbare, umfassende Opposition gesehen
habe. Er behauptete, dass das Ministerium das Land
gerettet habe. Er hob seine Freundschaft für Garibaldi in den Himmel, deutete an, dass diese ihn
wohl hätte bestimmen können, aus dem Ministerium
auszutreten, als Garibaldi offen die Fahne der Rebellion
erhob, wenn nicht ein solcher Austritt in solchem
Augenblick ihm wie eine Desertion im Angesicht des
Feindes vorgekommen wäre. Am 1. December sprach
nach Depretis noch Lafarina zur Vertheidigung
des Ministeriums. In sachlicher Beziehung glichen
sich die beiden Redner darin, dass sie das System
der Halbheit und der unbestimmten Lagen priesen
und somit auch die Regierung, welche dieses System
gegenüber demjenigen sicherer und unzweideutiger
Lagen zu dem ihrigen gemacht hatte.

Nachtragen müssen wir jetzt noch, dass am 28.
November der Kammer die glückliche Entfernung der

Rattazzischen Kugel aus der Wunde Garibaldis
angezeigt wurde.

Die Entlassung des Ministeriums Rattazzi.

Es wäre ungerecht, nicht zuzugestehen, dass Rattazzi am 26. November in der Kammer sich wacker
hielt. Angesichts des wiederholten Tumults, des
Zischens, des Lachens, der herausfordernden, spötti-
schen Mienen behauptete er lange, theils am rechten
Ort, seine Ruhe, theils forderte er am rechten Ort keck
seine wenig sauberern, wenn überhaupt sauberern
Gegner heraus. Nur zuletzt wuchs ihm der hass-
erfüllte Widerstand, dem er überall begegnete und der
sich wie die Kraft der Trägheit einer blöden und
blinden Masse, wie ein undurchdringlicher, schmutziger
Nebel, den kein Raisonnement besiegt oder weg-
schafft, ihm gegenüber aufthürmte, über den Kopf,
und er fiel am Ende seiner Rede in eine gewisse
Niedergeschlagenheit und war gebeugt. An den folgenden Tagen nun immer dasselbe Schauspiel. Unter
diesem Eindruck verlangte er vom Könige die Auflösung der Kammer. Victor Emanuel aber, welcher
einsah, dass er durch diesen Act, wie die Dinge einmal waren, die Lage nur noch mehr verbittern würde,
verweigerte die Auflösung. Rattazzi gab danach also
die Entlassung des Ministeriums ein, das Einzige, was unter den gegebenen Umständen übrig blieb.
Und am 1. December nun, nachdem Lafarina
gesprochen, nachdem Sella noch einige gleichgültige
Dinge vorgetragen, ergriff unter allgemeiner Spannung
Urban Rattazzi wieder das Wort. Er bezog sich

darauf, dass er selbst auf die Vorwürfe geantwortet
habe, welche der innern Politik der Regierung
gemacht worden seien, Durando auf diejenigen bezüglich der äussern Politik, und schritt dann zunächst zu einer Vertheidigung Lamarmoras wegen
der Verhaftung Mordinis und seiner Collegen.
Hierauf vertheidigte er abermals die innere Politik
der Regierung und griff die Kammer an, dass
sie die Zeit mit unnützen, rein politischen Fragen
verderbe, während es dem Volke vielmehr auf die
Hebung seines Wohlstandes und darauf zielende passende Finanz- und Verwaltungsgesetze ankomme.
Dann die äussere Politik wiederum berührend, erkannte er ausdrücklich die vielen und grossen Schwierigkeiten für die Regierung des Königreichs an und
dass diese jene Schwierigkeiten nur überwinden könne
mit der Hülfe einer starken Parlamentsmajorität.
Diese habe das Ministerium zu gewinnen gehofft; es
sei nicht gelungen, und desshalb habe das Ministerium, obwohl überzeugt, dass es dem
Lande gegenüber immer seine Pflicht und
Schuldigkeit gethan, seine Entlassung eingegeben.
    Nach dieser Erklärung Rattazzis konnte die Kam-
mer lange nicht zur Ruhe gelangen. Von der Masse
des Hasses aber, die überall gegen dieses Ministerium
Rattazzi sich abgelagert hatte, legte das entschiedenste
Zeugniss ab, dass der Ordnungsmann Finzi während der höchsten Erregung bereits die Tagesordnung ankündigte, welche er bei grösserer Beruhigung
der Gemüther wirklich einbrachte, wie er sagte, nicht

als nun überflüssiges Misstrauensvotum gegen ein Cabinet, welches aufgehört hatte zu regieren, sondern als Warnung für die Zukunft. Diese Tagesordnung lautete: „Die Kammer schreitet zur Tagesordnung im Vertrauen auf die Kraft der freien Institutionen und in dem Willen, die Prärogative der Krone und des Parlaments aufrecht zu erhalten." Crispi erhob sich gegen jede Abstimmung, da das Ministerium im Interesse der Eintracht, um einer solchen zuvorzukommen, seine Entlassung eingegeben habe. Lafarina zog darauf seinen Antrag auf einfache Tagesordnung zurück, und der Kammerpräsident erklärte die Sitzung für aufgehoben unter der Ankündigung, dass die Deputirten davon benachrichtigt werden würden, wenn eine neue Sitzung stattfinde. Sechszehn Deputirte der Linken gaben noch am 1. December dem Kammerpräsidenten eine Erklärung ein, laut deren sie dafür erachteten, dass nach den Bestimmungen der Verfassung das Ministerium Rattazzi, welches diese verletzt, hätte in Anklagestand versetzt werden müssen; da dieses Ministerium aber überraschender Weise seine Entlassung eingegeben habe, beschränkten sie sich darauf, feierlich gegen die von diesem Ministerium begangenen Verfassungsverletzungen zu protestiren, indem sie die abgetretene Regierung tadelten und die künftige warnten.

Kaum ist jemals ein Ministerium unter einem solchen Gebirge von Hass und Verachtung von allen Seiten, selbst von denen, von welchen man es am wenigsten erwarten sollte, welche auch in der That das wenigste Recht dazu hatten, untergegangen, als dieses Ministerium Rattazzi, dessen Chef allerdings bald, wie wir sehen werden, in den Armen der Liebe den Trost fand, welchen er wünschen musste.

III.

Der Eintritt des Ministeriums Farini.

Farini.

Nachdem, wie es bei der Abdankung eines Ministeriums zu geschehen pflegt, mehrere Tage lang von verschiedenen Personen die Rede gewesen war, die angeblich mit der Bildung eines neuen Ministeriums vom König beauftragt oder von ihm darum angegangen sein sollten, — man nannte Torrearsa, Cassinis, Pasolini, auch Cialdini, — ergab sich bald als Thatsache, dass Farini der neue Präsident des Ministeriums sein werde.

Carl Ludwig Farini war am 22. October 1812 in Russi im Ravennatischen geboren; in seiner Jugend übte den meisten Einfluss auf ihn sein Onkel Domenico, einer jener bevorzugten Geister, welche ihre liberale Richtung, die in der Jugend auch bei den menschlichen Pilzen und Schwämmen nicht ganz selten ist, in das Mannesalter, ja selbst in das Greisenalter mit hinübernehmen. Carl Ludwig Farini studirte Medicin und befand sich im Jahre 1831 als Laureat an der Universität Bologna. Die revolutionäre Bewegung

Centralitaliens, welche in dem genannten Jahre
in Folge der Verhaftung und Verurtheilung Ciro
Menottis im Modenesischen ihren Anfang nahm,
pflanzte sich alsbald in die Romagna fort. Domenico Farini ward zum provisorischen Polizeidirector
zu Forli ernannt und sein Neffe Carl Ludwig begleitete ihn als Secretär, gab aber bald dieses Amt
auf, um in das Freiwilligencorps einzutreten, welches
zu einer Expedition nach Rom bestimmt war. Die
Bewegung ward nach manchem Hin- und Herziehen
doch bald unterdrückt und die scheusslichste Reaction
der Sanfedisten trat an ihre Stelle. Farini wusste
sich in die Umstände schon in diesen jungen Jahren
zu finden; er ergriff alsbald die ärztliche Praxis zuerst
in dem kleinen Orte Montessudolo, dann, nachdem
er sich hier einen gewissen Ruf erworben, zu Ra-
venna. Auch die Ermordung seines Oheims Domenico durch die infamen Sanfedisten störte ihn
trotz aller Redensarten, die er darüber machte, nicht
sonderlich in dem persönlichen Behagen, welches er
sich zu verschaffen für seine erste Pflicht erkannte.
Bald darauf wurde er zum Oberarzt in seinem Hei-
mathsort Russi erwählt.

In Folge des gescheiterten Aufstandes von 1843,
der zugleich in Neapel und im Römischen los-
brechen sollte, wüthete die päpstliche Polizei wieder
fürchterlich gegen alle Verdächtigen. Farini, ge-
warnt, flüchtete nach Toscana und dann nach Paris.
Da es ihm aber in Frankreich nicht gefiel und er
überhaupt dachte, dass in seiner Heimath bald eine
neue, die Umstände ändernde Bewegung eintreten

werde, kehrte er schnell heimlich nach Toscana zurück.
Abwechselnd lebte er zu Florenz und zu Lucca,
und hier war es, wo er sich jener, insbesondere von
Piemont ausgehenden neuen Moderatenpartei
anschloss, welche nur das „Mögliche" wollte, die
Revolution verdammte, die Reform ausschrie; von
Farini rührte das Manifest her, mit welchem die unglückliche „gemässigte" Insurrection von Rimini
sich proclamirte.

Als Pius IX. zum Papste erwählt ward, war
Farini gerade auf Reisen mit einem jungen Sohn
des Prinzen Hieronymus Bonaparte, der an
einer unheilbaren Krankheit litt. Erst nach dem Tode
dieses jungen Prinzen machte Farini von der von
Pius IX. verwilligten allgemeinen Amnestie Gebrauch
und nahm die Stelle eines Oberarztes zu Osimo an.
Hier lebte er, wenn auch den politischen Bewegungen
der Zeit nicht fern bleibend, doch wesentlich mit
seinem Berufe beschäftigt. Als aber im März 1848
Pius IX. das Ministerium Antonelli, natürlich die
Blüthe eines liberalen Ministeriums in jenen Tagen,
einsetzte, berief der Minister des Innern, Recchi,
den Doctor Farini zu seinem Generalsecretär. So
also kam im Alter von 36 Jahren Farini in die offi-
cielle politische Laufbahn. Welche schöne Rolle
Pius IX. während des piemontesisch-öster-
reichischen Krieges spielte, ist bekannt genug.
Nach dem berüchtigten Consistorium vom 29. April
gab das Ministerium seine Entlassung ein; auch
Farini. Der bestürzte Papst wusste sich das gar
nicht zu deuten, er glaubte, immer in derselben Rolle

geblieben zu sein. Und er hatte auch Recht, aber das
Volk hatte ihn Anfangs ganz anders verstanden, als er
es meinte. Da ein neues Ministerium sich nicht finden
wollte, verwaltete das alte vorläufig die Geschäfte
weiter. Farini, um das Bleiben des Ministeriums
überhaupt möglich zu machen, gab jetzt den Rath,
Pius IX. solle seine Allocution vom 29. April in der
Weise erklären, dass er sich zum Vermittler zwischen Oesterreich und Carl Albert anbiete. Indessen ward daraus nichts, dagegen ward Farini in
das 'Lager Carl Alberts abgesendet, um diesen zu
besänftigen, hier zu vermitteln. In der That übernahm
Farini dieses undankbare Geschäft; er kehrte erst
nach Abschluss des Waffenstillstandes Salasco nach
Rom zurück und trat daselbst in die Deputirtenkammer ein.

Als dann die Oesterreicher von Bologna zurück-
geschlagen waren und die radicale Partei sich der
Herrschaft in dieser Stadt bemächtigte, ward Farini
als ausserordentlicher Commissar dahin geschickt, um
die "Ordnung" herzustellen. Zum ersten Mal trat er
hier als Ordnungsmann der radicalen Partei, der
Actionspartei, in der Praxis gegenüber, und benahm
sich mit demselben Eifer, welchen er auch später gegen sie bewährte. Bald aber rief ihn Rossi, als
dieser die Bildung eines neuen Ministeriums übernommen hatte, nach Rom zurück und übertrug ihm die Leitung des gesammten Sanitätswesens des Staates.
In diesem Amte blieb Farini auch nach der Ermordung
Rossis und nach der Flucht des Papstes. Sobald aber
Mazzini an die Spitze der römischen Republik

trat, entwich der Ordnungsmann Farini nach Toscana, von wo er erst unter dem Schutze der Franzosen wieder zurückkehrte. Er trat wieder an die
Spitze des Sanitätswesens zurück, leistete aber den
Franzosen allerlei kleine Aufklärungsdienste. Dem
Cardinalscollegium, welches provisorisch jetzt
regierte, war Farini einerseits noch zu roth, andererseits zu franzosenfreundlich; er ward desshalb
trotz aller Mühe, die er sich gab, sich den neuen
Verhältnissen anzubequemen, seines Amtes entsetzt
und begab sich nun nach Piemont. Hier redigirte
er das Moderatenblatt La Frusta, war auch Mit-
arbeiter an dem Cavour'schen Blatt Risorgimento
und schrieb endlich seine berühmte Geschichte des
römischen Staats von 1814 bis 1850. —
Späterhin gründete er das Journal Piemonte und
begann nun ferner seine allgemeine Geschichte
Italiens, als Fortsetzung derjenigen von Botta, zu
schreiben.

Farini erhielt bald das piemontesische Bürgerrecht
und ward dann auch in die Deputirtenkammer
gewählt. Als Mann der Ordnung war er vollkommen
überzeugt, dass die Regeneration Italiens nur
von einem der Staaten Italiens ausgehen könne, und
diesen Staat sah er in Piemont. Er war auch
überzeugt, dass diese Regeneration nur die Folge von
hartnäckigen Kämpfen sein werde, und den Kern
der Streiter Italiens musste das kleine piemontesische Heer abgeben. Diese Ueberzeugungen leiteten ihn jetzt sehr consequent. Alle seine Söhne
sendete er in die piemontesischen Militärschulen,

und als die Frage der Alliance Piemonts mit
Frankreich und England für den orientalischen Krieg in der Kammer zur Verhandlung kam,
war er einer der ersten und eifrigsten Vertheidiger
dieser Alliance von dem höhern Standpunkt der italienischen Politik aus. Dass dabei auch seine früheren Verbindungen mit der Familie Bonaparte,
zu deren hauptsächlichsten Gliedern er in einem ent-
schiedenen Freundschaftsverhältniss stand, mitwirkten,
brauchen wir übrigens kaum hervorzuheben.

Während des Krieges von 1859 ward Farini
zunächst als piemontesischer Commissar nsch Modena
gesendet. Nach dem Frieden von Villafranca, als
die piemontesischen Commissare abberufen wurden,
blieb er doch dort, liess sich die Dictatur übertragen und ergriff nachher auch diejenige von Parma.
In dieser Stellung arbeitete er unermüdlich für die
Annexion Centralitaliens an das Königreich
Victor Emanuels und zugleich für die administra-
tive Einigung der Länder Centralitaliens unter sich.
Nachdem von diesen Ländern die Berufung des Prinzen von Carignan an ihre Spitze beschlossen war,
übernahm Farini provisorisch auch die Dictatur
der Romagna. Als von Turin her und auf die
Vorstellungen Napoleons an die Stelle des Prinzen
von Carignan Buoncompagni gesetzt ward, als
Ricasoli davon nichts wissen wollte, schlug Farini,
dem die leichten Erfolge in den Provinzen der Emilia
ein ungeheures Selbstvertrauen in sein diplomatisches
Geschick gegeben hatten, und bei dem der Annexions-
gedanke zu einer Art Monomanie geworden war,

sogleich einen andern Weg ein. Er erklärte ohne
Weiteres, dass die Provinzen der Emilia mit allen
zehn Fingern auch nach Buoncompagni griffen.
Von ganz denselben Gesichtspunkten aus aber be-
kämpfte er in Verbindung mit dem würdigen Fanti
den grossen Volksführer Garibaldi, der ihm als Re-
volutionär, als General der römischen Republik von
1849 und als éine ganz andere Natur in tiefster
Seele verhasst war, und zwang ihn mit kleinen
Schlichen, seine Pläne und sein Amt in Centralitalien
aufzugeben.

Als die Annexion vollendete Thatsache war, ging
Farini nach Turin und trat hier als Minister
des Innern in das Ministerium Cavour, das Ministerium des neuen subalpinischen Reiches. In
dieser Eigenschaft befeindete er abermals als Ordnungsmann, — was auch durch lügnerisch und blödsinnig zusammengestellte Documente neuerdings in
Geschichtsfälschung gethan sein mag, die Wahrheit
wird doch bestehen müssen, — abermals Garibaldi, sobald sich zeigte, dass dieser nicht als
blosses Werkzeug sogenannter Staatsmänner ver-
braucht werden könne. Er war es dann, welcher
Napoleon III. zu Chambery begrüsste und ihn
bestimmte, dass er dem Einrücken der Subalpiner
in Umbrien und die Marken, später ins Neapolitanische im Interesse der „Ordnung" nichts in
den Weg lege.

Er endlich trat an die Stelle Garibaldis in
Neapel, als dieser die Dictatur niederlegte, und
machte hier ein Fiasco, wie es gräulicher wohl

nie vorgekommen ist, ja er verdarb durch den Weg,
den er anzeigte, auch seinen Nachfolgern Alles. Und
mögen sich die Staatsmänner den Kopf über die
Gründe dieses niederträchtigen Scheiterns zerbrechen,
für den wahrheitsliebenden Kenner der Verhältnisse
liegen sie ganz klar zu Tage: der annectirende
Piemontese konnte in den kleinen Herzog-
thümern ohne eigene Geschichte, ohne Erinnerungen
immerhin mit Glück auftreten, musste aber in dieser
Eigenschaft in dem ehemaligen Königreich beider Sicilien, wo es des innerlich unificiren-
den Italieners bedurfte, nothwendig scheitern. In
Ländern, oder um besser zu sagen, in Ländchen,
welche bisher gar keine Administration hatten, konnte
sogar ein Farini nothdürftig sich mit dem Schein eines
Administrators umgeben, in den neapolitanischen
Provinzen musste er sich nothwendig in seiner ganzen unverschämten Blösse in dieser Beziehung ent-
hüllen.

Farini zog sich, wirklich ein wenig beschämt, in
die Einsamkeit zurück, und aus dieser rief ihn jetzt
Ende 1862 der König Victor Emanuel, welcher gezwungen war, einen neuen Freund Napoleons III.
an die Stelle des eben abgeschiedenen Freundes zu
setzen, hervor, um ihn mit der Bildung eines neuen
Ministeriums zu beauftragen.

Das Ministerium Farini und sein Programm.

Das Ministerium war am 9. December und zwar
folgendermassen gebildet:

Farini, Präsident des Ministerrathes;
Pasolini, auswärtige Angelegenheiten;
Minghetti, Finanzen;
Pisanelli, Gnaden und Gerechtigkeit;
Della Róvere, Krieg;
Johann Ricci, Marine;
Menabréa, öffentliche Arbeiten;
Peruzzi, Inneres;
Amari, öffentlicher Unterricht;
Manna, Handel und Ackerbau. —
Ein besonderes Verdienst um die verhältnissmässig
schnelle Neubildung des Ministeriums hatte sich Cas-
sinis erworben, der vom Könige ursprünglich be-
rathen worden war, und der dann auch, um Miss-
helligkeiten vorzubeugen, das für ihn bestimmte Por-
tefeuille der Gnaden und Gerechtigkeit ohne Weiteres
an Pisanelli abtrat.

Am 11. December zeigte Farini der wieder zu-
sammenberufenen Kammer die vollzogene Bildung
des neuen Ministeriums an.

Er müsse vor Allem, sprach er, erklären, dass
dieses Ministerium in der Unterstützung des Parlaments diejenige Autorität suchen werde, deren es
bedürfe, um im Innern die Organisation zu vollenden,
nach aussen die Ehre und die Interessen Italiens
vertreten zu können. Die innere Organisation
sei das höchste, allgemein anerkannte Bedürfniss
Italiens; auf sie würde das Ministerium daher vor
allem seine Aufmerksamkeit richten. Wie es jetzt
schon gar nicht mehr anders möglich zu sein schien,
brachte dann Farini seine Huldigung dem Heere dar.

Der vollste Glaube an die Vollendung der Geschicke
des einen Italiens, fuhr er dann fort, beseele das
Ministerium, und aus diesem Glauben nehme die Regierung das Recht her, den Italienern zu erklären,
dass sie die Vollendung der Geschicke des Reiches
von der Entwicklung der Ereignisse, von den
vorbereiteten und den erhofften Gelegenheiten ohne Illusionen und ohne Misstrauen
erwarten müssen! Das Ministerium werde auf
dem Wege fortgehen, auf welchem die Wiedererste-
hung Italiens begonnen habe, und dabei darauf be-
dacht sein, Italien seine Bündnisse und zugleich
seine volle Unabhängigkeit zu bewahren. Farini
schloss, indem er noch dem Könige Victor Emanuel den gebräuchlichen Tribut der Verehrung dar-
brachte.

An die Erklärung des Ministerpräsidenten knüpften
sich einige Verhandlungen ohne Bedeutung, wie wir
denn überhaupt bemerken müssen, dass das Ministerium Farini mit einer gewissen Gleichgültigkeit,
Kälte und Müdigkeit empfangen wurde, die sich
nicht blos aus der Temperatur dieses Decembers erklären liess, der einen für Oberitalien und den Süd-
abhang der Hochalpen beispiellos schneereichen Winter
einleitete, während dessen die meisten mittleren Al-
penpässe eine Woche lang und länger selbst für die
Briefpost völlig verschlossen waren.

Poërio, der heute den Vorsitz in der Kammer
führte, zeigte an, dass Tecchio seine Entlassung als
Präsident nachsuche. Die Kammer trat nicht darauf ein.

Am Ende der Sitzung vom 11. December kam
nun noch der Gegenstand zur Sprache, welcher das
neue Ministerium und mit ihm die Deputirtenkammer
zuerst in einer bedeutenden Weise beschäftigen
sollte; die Brigandage.

IV.

Die Brigandage Ende 1862 und die Brigandage-Commission.

Tristany und Chiavone. Pilone.

Wir haben die Geschichte der Brigandage im
Neapolitanischen nach ihren Hauptzügen in diesen
Blättern getreulich verfolgt. Zuletzt verliessen wir
sie im April des Jahres 1862 im vorigen Buche,
und von da ab müssen wir nun den Faden unserer
Erzählung wieder aufnehmen, alles Ueberflüssige bei
Seite lassend, möglichst zusammenfassend, um endlich bei dem anscheinenden Wendepunkt anzu-
langen, den die Sache mit dem Eintritt des Ministeriums Farini in die Verwaltung erhielt.

Unter den Abenteurern, welche sich um Franz II.
mit Versprechungen aller Art drängten und sich zu
Streitern für Thron und Altar aufwarfen, trat seit
dem Ende April ein gewisser Tristany, ein Spanier,
hervor. Er liess sich von Franz II. zum Maréchal
de camp und Obercommandanten sämmtlicher
Truppen des Königreichs beider Sicilien er-

nennen und machte vom Ende Mai ab verschiedene unbedeutende Einbrüche in das neapolitanisehe Gebiet an der grossen Strasse von Terracina nach Fondi. Vermöge des ihm übertragenen Titels verlangte er nun aber, dass die übrigen Brigandenbanden, soweit sie an der päpstlichen Grenze sich umhertrieben, sich ihm anschlössen und sich unter seinen Befehl stellten. So zog er, indem er sein Hauptquartier nach der Karthause von Trisulti am Monte Rodenara, nordöstlich von Alatri verlegte, wirklich die Bande Chiavones an sich und suchte nun in die ganze vereinigte Räuberbande, die sich auf 300 bis 400 Mann belief, militärische Zucht und Ordnung zu bringen, wie er sie denn auch mit militärischer Ausrüstung versah. Nach früheren Exempeln, von denen wir erzählt haben, kann man sich wohl denken, dass dem General Chiavone diese Unterordnung schlecht gefiel, dass er folglich gegen Tristany intriguirte. Tristany aber zeigte seine Gewalt alsbald auf eine sehr entschiedene Weise. Am 26. Juni liess er eine Abtheilung der Chiavoneschen Bande, die unter einem gewissen Teti stand, umzingeln und stellte Teti und eine Anzahl von seinen Gefolgsleuten vor ein Kriegsgericht, welches Teti zum Tode verurtheilte. Teti ward sogleich füsilirt. Am folgenden Tage, 27. Juni, ward dann auch der Haupttheil der Bande Chiavones umstellt und der vor ein Kriegsgericht gestellte Chiavone, weil er angeblich dem Obercommandanten Tristany nach dem Leben getrachtet, gleichfalls zum Tode verurtheilt und füsilirt. So nehmen wir denn Abschied von diesem Bajazzo der Brigandage,

obgleich die Zeitungen sich noch Monate lang umherstritten, ob es denn wirklich wahr sei, ob der
liebe Chiavone wirklich abgeschieden sei aus dieser
Welt des Irrthums. Es war richtig; auch Franz II.,
dem sein Chiavone mit der Zeit so unentbehrlich geworden war, als weiland dem König Friedrich Wilhelm IV. von Preussen der Berliner Kladderadatsch,
wollte erst gar nicht an den Tod Chiavones glauben, und als er nicht mehr daran zweifeln konnte,
rannte er händeringend mit dem Kopfe gegen die
Wände und rief einmal über das andere: O Tristany,
gieb mir meinen Chiavone wieder! Die minder gra-
virten Banditen lieferte Tristany, als unwürdig, ferner
in dem Corps der Streiter für Thron und Altar zu
dienen, zur Bestrafung oder Besorgung an die päpstliche Gensdarmerie ab!! Ganz officiell; wünscht
man etwa noch deutlichere Beweise für den Zusammenhang der Räuberbanden mit Franz II., dem Papst —
und was soll man am Ende sagen? — mit Napoleon III?
Wäre es wirklich für die französischen Truppen unmöglich gewesen, wirksamer gegen die Pflege der Brigandage auf päpstlichem Gebiete aufzutreten, wenn
sie die geeigneten Befehle dazu erhalten hätten?

Tristany hatte sich durch sein entschiedenes Auftreten in Ansehen gesetzt, aber zur Vergrösserung
seiner Bande trug dasselbe nicht bei. Diese oder das
Heer des Königs beider Sicilien hielt sich auf
der Stärke von 150 bis 180 Mann. Anfangs August
allarmirte Tristany mehrfach die neapolitanische Grenze
zwischen Pico und Pastena, dann im September

wieder von Trisulti und Collepardo aus die Gegend von Rendinara.

Am 12. September kam es vor, uass päpstliche Gensdarmen bei Isoletta (südlich Ceprano) die Grenze überschritten, eine italienische Fahne, welche die Arbeiter auf der im Baue begriffenen Eisenbahnbrücke über den Liri aufgepflanzt hatten, umrissen und mit sich nahmen. Der zu Arce commandirende italienische Officier, Major Freyrie vom 59. Regiment, reclamirte die Fahne von dem französischen Commandanten zu Ceprano unter der Androhung, sonst mit seiner Truppe über die Grenze kommen und sie sich selbst holen zu wollen, wobei er an den päpstlichen Gensdarmen die passende Strafe vollziehen werde. Die Fahne ward dann am 14. September feierlich zurückgegeben, wobei die schuldigen päpstlichen Gensdarmen zugegen sein mussten.

An Plänen für die Armee des Königs beider Sicilien unter dem Commando Tristanys fehlte es keineswegs, und wenn Gedanken Thaten gewesen wären, wäre Neapel mehr als einmal in der äussersten Gefahr gewesen, von Tristany erobert zu werden; viele Pläne dazu wurden combinirt, und eine grosse Rolle in ihnen spielte stets der berühmte Ritter Pilone, der mit grossem Geschick, unterstützt von zahlreichen Hehlern und Helfershelfern, sein Wesen vor den Thoren Neapels am Vesuv trieb, und wie oft auch Jagd auf ihn gemacht wurde, sich doch niemals fangen liess. Thatsächlich blieb es ausser den Plänen von Seiten Tristanys bei ewiger Organisation, die aus begreiflichen Gründen dem Gewebe der Penelope glich, und

bei einigen gelegentlichen Grenzallarmirungen, durch
welche der Generalissimus Franz des II. weiter nichts
bezweckte, als einmal wieder von sich sprechen zu
machen.

Die Brigandage in den Abbruzzen.

In den nördlichen, und namentlich in den öst-
lichen Abbruzzen, die der römischen Grenze zu fern
lagen, als dass grössere Banden sich bequem im
Nothfall hätten aufs päpstliche Gebiet zurückziehen
können, herrschte fast ausschliesslich die kleine
Brigandage, das Räuberwesen von Banden von
vier bis zehn Mann. Liebten doch selbst diejenigen
Briganden, welche sich dem Kerncorps im Römischen
hätten anschliessen können, die kleine Brigandage
mehr, bei welcher eine Art militärischer Disciplin
nicht eingeführt wurde, welche also ein angenehmeres,
freieres Leben gewährte, und schliesslich auch einträg-
licher war als die grosse. Auf der Grenze zwischen den zweiten jenseitigen und den diesseitigen
Abbruzzen, im Walde von Cantalupo, nordöstlich Castel di Sangro, ward am 21. April eine ziemlich starke berittene Bande, ein abgesprengter Theil
von denen Croccos und Coppas, welcher sich nach
dem Gefecht von Torrefiorentina in die Provinz
Molise (Campobasso) und dann bei San Pietro
Avellana über den Sangro geworfen hatte, umzingelt, zum Theil gefangen und versprengt. Dabei
zeichneten sich die Nationalgarden dieser ganzen
Gegenden aus, welche nach allen Seiten hin die Aus-
wege und Pässe versperrten und somit die Briganden

für die regulären Truppen stellten, der Art, dass
diese sie wirklich finden konnten. Es ist dies einer
der Beweise mehr, wie unzureichend selbst der grösseren Brigandage gegenüber die regulären Truppen allein sein müssen; sobald das Volk sich ernstlich betheiligt, können die Truppen auch in ihrer
Art, in der für sie zweckmässigen und passenden
Verwendungsweise etwas leisten.

Die Banden der Ofantogegend und am Fortore.

In den Wäldern um Melfi und aus denselben
hervorbrechend trieben nach kurzer Rast im Mai
Crocco und Coppa wieder lustig ihr Wesen; die
einzelnen Theile ihrer grossen Banden hatten sich
getrennt, und insbesondere die berittenen Banden
machten weithin das Land unsicher. Eine solche
Bande von 25 Reitern unter einem gewissen Pietrunzo, hatte sich auf dem Wege von Ariano nach
Castelfranco, unfern der Taverne von Campor-
eale, in der Meierei Varanelli um die Mitte Mai
festgesetzt und schrieb von hier Lieferungen aller Art
aus, unter der Androhung, Häuser und Vorräthe ohne
Weiteres niederzubrennen. Der Unterpräfect des
Bezirks Ariano, davon benachrichtigt, sendete am
18. Mai ein Detachement von 33 Mobilgarden, 30
Mann einer sogenannten Squadriglie, wie sie an verschiedenen Orten eben gegen die Briganden gebildet
waren, und von 6 Carabinieren aus, requirirte auch
telegraphisch eine Compagnie regulärer Truppen.
Das zuerst erwähnte Detachement bemerkte, sich der

Meierei Varanelli nähernd, sehr bald die Vedetten
der Räuber, welche sehr guten Wachtdienst hielten
und alsbald sämmtlich im Sattel waren. Sowie die
Mobilgarden die Räuber wohlgeschaart und wohlge-
rüstet sahen, als es nun also Zeit gewesen wäre,
zum Angriff zu schreiten, rissen sie fast sämmtlich
aus und die übrige Mannschaft folgte zum grössten
Theil ihrem Beispiel. Die Wenigen, welche Stand
gehalten hatten, wurden von den Briganden umzingelt,
und bis auf einige, die das Glück hatten, zu entkommen, niedergemacht. Die Compagnie regulärer Truppen kam zu spät auf den Kampfplatz, um am Gefechte theilnehmen zu können. Es wurden nun allerdings 300 Mann Truppen von Avellino gesendet,
aber die Räuber hatten sich längst aus dem Staube
gemacht. Pietrunzo zog sich aus dem Principat
in die Provinz Molise, überall raubend, Geld, Vorräthe und Maulthiere, welche den Raub trugen. Er
hatte der letztern vierzig, als er in die Gegend von
Campobasso gelangte, wo sie ihm von einer
Escadron des Regiments Lucca abgejagt wurden,
welche überhaupt diese Bande zwang, sich vorläufig
zu zerstreuen. Schon im Anfang Juni aber setzte sich
ein Theil derselben Bande, verstärkt durch zahlreichen
Zulauf wieder bei Zuncoli, in der Gegend von Ariano
fest, wo es ihr besonders gut zu gefallen schien.

Caruso und Sambro verliessen wiederholt ihre
Verstecke am Monte Gargano, um in die reicheren
Gegenden der niedern Capitanata hervorzubrechen.
Unberittene Briganden machten besonders die Strasse
unsicher, welche über Caserta durch die caudini-

schen Pässe und unter dem Monte Taburno vorbei nach Benevent führt.

In der Basilicata that, ausser in der Gegend von Melfi, wo Crocco fast unumschränkt herrschte, ein auf Gegenseitigkeit gegründeter Verein gegen die Brigandage gute Dienste. In der Provinz Cosenza (Calabrien) verdankte man besonders dem energischen Major Fumel, einem gebornen Piemontesen, der vielfach angefeindet, unter anderm auch dem Kaiser Napoleon Anlass zur Aeusserung seiner sittlichen Entrüstung gab, dass wenigstens die grosse Brigandage nicht aufkommen konnte. In der Provinz Bari rühmte man die guten Anstalten des Präfecten, des Generals Cosenz. Aber die kleine Brigandage lebte überall, hier mehr, dort weniger, je nachdem die localen Verhältnisse ihr günstiger oder minder günstig waren, und bot dem zeitweisen Hervortreten der grossen Brigandage einen fast unerschöpflichen Stoff.

Ein besonders wichtiger neuer Brigandensitz, in welchem gewissermassen ein grosses Filialgeschäft der Brigandage von Melfi getrieben wurde, entwickelte sich im Sommer 1862 in der Gegend am obern Ofanto, um Teora, Leoni und Sant Angelo de' Lombardi. Im September war der General Franzini, welcher im Principat commandirte, genöthigt, dieser Gegend seine ganz besondere Aufmerksamkeit zuzuwenden. Indessen war es unmöglich, der Briganden Herr zu werden, welche von hier aus die grosse Strasse von Neapel über Ariano nach Foggia dergestalt beherrschten, dass keine Post ohne starke Escorte auf derselben gehen konnte.

In der Capitanata übernahm mit dem letzten
Drittel des Septembers das Truppencommando der
Brigadier Mazè de la Roche, ein sehr tüchtiger
Officier, welcher namentlich im Gegensatz zu Lamarmora, grossen Werth auf die Benutzung der
nicht militärischen Mittel gegen die Brigandage legte,
und sich über deren Anwendung mit dem Präfecten
der Provinz und mit dem einsichtigen Theil der Bevölkerung ins Einvernehmen setzte. Sein Verhalten
hatte auch wirklich gute Erfolge; so z. B. kam es
gerade jetzt in der Capitanata vor, dass eine Anzahl
Briganden, in die Enge getrieben, der Unterstützung
durch die Bevölkerung baar, sich freiwillig stellte.

In den ersten Tagen des Octobers hatte Caruso
von dem Besitzer eines Hofes bei dem Orte Pietra,
nordöstlich Volturara, die Lieferung einer Anzahl
von Kleidungsstücken verlangt, welche er am 5. October abholen wollte. Am Morgen dieses Tages besetzte der Bürgermeister von Pietra mit 37 Nationalgarden den erwähnten Hof, und bald darauf erschien
ein Geleite von 200 Briganden von den Banden
Caruso, Coppa und Schiavone (welcher, beiläufig
bemerkt, häufig mit dem seligen Chiavone verwechselt
worden ist). Die Nationalgarden widerstanden kräftig
dem Angriff, verhinderten auch, dass die Briganden,
von denen einer schon zu diesem Behufe das Dach
erstiegen hatte, dieses abdeckten und die nahen bedeutenden Strohvorräthe anzündeten, durch ein wohl-
genährtes Flintenfeuer, bis 27 andere Nationalgarden
von Pietra herankamen, die nun einen Theil der
Bande auf sich zogen und so den Cameraden Luft

schafften. Endlich erschien über Castelnovo von
Celenza her eine Compagnie regulärer Truppen,
und ferner die berittene Nationalgarde der Gegend
um Pietra. · Die Briganden warteten den Angriff
dieser Verstärkung nicht ab, sondern räumten das
Feld, indem sie ihre Verwundeten mit sich schleppten
und nur drei Todte in den Händen der Sieger liessen.

Die Bande verliess übrigens diese Gegenden durchaus nicht ganz, vielmehr behielt sie in den Wäldern
und Bergen am obern und mittleren Fortore ihren
Sitz, wo sie ausser dem Vortheile dieses Terrains
auch noch den weiteren hatte, dass sie sich an der
Grenze zweier grösseren Militärcommandos befand.
Und dieser Vortheil war bei dem Mangel an wün-
schenswerthem Zusammenwirken der Militärcommandos
von sehr wesentlicher Bedeutung. Ein für die italienische Armee äusserst schmerzliches Ereigniss sollte
bald davon Zeugniss geben.

In Santa Croce di Magliano, in der Provinz
Molise, an der Grenze der Capitanata, war der
Hauptmann Rota mit einem Detachement des 36. In-
fanterieregiments stationirt. Am 5. November brach
er mit seinem Lieutenant, 37 Mann des 36. Regiments, 2 Carabinieren und etwa 50 Nationalgarden,
die ihm nachfolgen sollten, von Santa Croce gegen
den Monte Calvo und den Fortore auf. Von Hirten
erhielt er alsbald die Nachricht, dass die nahen Hügel
stark von den Briganden besetzt seien. Dies ward
ihm nicht blos von Weibern, die des Weges kamen,
sondern auch vom Hauptmann der Nationalgarde von
Santa Croce bestätigt, welcher mit acht berittenen

Nationalgarden von einem nahen Pachthofe zurückkehrte. Rota marschirte indessen weiter, obgleich
ihn die 50 Nationalgarden auch im Stich liessen,
welche mit ihrem Hauptmann meinten, dass Vorsicht
der Tapferkeit besserer Theil sei. Er hatte einen
Vorhügel des Monte Calvo erreicht, als er plötzlich
fünf Briganden vor sich sah, und ehe er noch zum
Angriff auf diese kommen konnte, war er bereits von
allen Seiten umstellt. Man zählte deren im Ganzen
an 200. In einem hartnäckigen, verzweifelten Kampfe
retteten sich von der kleinen Schaar Rotas nur fünf
Mann, 11 wurden von den Briganden gefangen gemacht, und 22 wurden getödtet.

Der General Franzini lieferte am 10. November
im Walde von Monticchio an der Fiumara d'Atella
zwei kleineren Banden, mit einem Zug des Reiter-
regiments Lucca, einer Compagnie Bersaglieri und
einer Compagnie Linie, ein glückliches Gefecht, während er zugleich den südlich gelegenen Wald von
Bucito durchstreifen liess. Franzini verfolgte die
aufgestöberten Banden durch einen Theil der Capitanata, die Gegend von Ascoli über Bovino an den
Cervaro, wo er noch einmal mit einem Theil derselben am 23. November zusammenstiess. Von hier
ab verlor er ganz die Fühlung mit ihnen und sie
zogen sich über die beliebte Gegend von Ariano
Ende November in die Berge am obern Ofanto zurück.

Vorfälle in der Terra di Bari und Terra d'Otranto.

Von Laterza in der Terra d'Otranto, an den
Grenzen dieser Provinz mit der Basilicata und der

Terra di Bari, marschirte am 14. November ein
Detachement von etwa 40 Mann, wobei auch einige
berittene Nationalgarden, auf den Meierhof Porto in
der Richtung auf Gioja ab, um einen Polizeicommissar dorthin zu escortiren, der eine Durchsuchung
daselbst vorzunehmen hatte. Das Detachement fand
sich alsbald angesichts 150 Briganden, welche ein
heftiges Feuergefecht eröffneten und erst die Flucht
ergriffen, als eine Compagnie regulärer Truppen nebst
einem Peloton Nationalgarde von Gioja her eintraf.

Am 17. November rückten 40 berittene Briganden in Grottaglie, in der Terra d'Otranto nordöstlich von Taranto ein und machten sich nicht bloss
ohne Widerstand, sondern auch von dem niedern
Volke unterstützt, sogleich durch die Entwaffnung
der von der Nationalgarde besetzten Hauptwache zu
Herrn des 8000 Einwohner zählenden Ortes, woselbst
sie Franz II. ausriefen und nach gewohnter Art
brandschatzten, brannten und raubten. Nachdem sie
dies Handwerk etwa drei Stunden getrieben, zogen
sie ab. Truppen mit dem Unterpräfecten von Taranto
kamen erst später. Es wurden nun viele Haussuchungen vorgenommen, bei denen sich, da wie gesagt, das niedere Volk an der Räuberei sich lebhaft
betheiligt hatte, manches von der Beute wiederfand.
Es wurden bald auch zwei Escadrons des Reiterregi-
mentes Saluzzo in diese Gegenden gesendet.

Wie immer, haben wir auch jetzt nur einzelne
und ausgezeichnetere Thatsachen aus der Geschichte
des Brigandenwesens herausheben können. Aber
wenn solche überhaupt vorkommen, so ist das jeden-

falls ein Beweis, dass die kleine Brigandage blühen
muss, dass es mit der Herrschaft der Gesetze schlecht
bestellt ist. Und je mehr solcher Fälle vorkommen,
je kecker und mit je bedeutenderen Kräften einzelne
Brigandenstreiche unternommen werden, desto stärker
muss nothwendig das Element sein, in dem sie sich
bewegen und aus dem sie hervorwachsen.

Aus dem nun, was wir erzählt haben, wird man
den Schluss ziehen, dass die Brigandage durch den
ganzen Sommer und Herbst 1862 sich in sehr guten
Umständen befand, dass es Lamarmora keineswegs
gelungen war, ihr ein Ende zu machen, ihm ebenso
wenig als seinem Vorgänger, und dass die Regierung
des Königreichs Italien alle Veranlassung hatte, sich
mit dieser Geissel der gesegneten Südprovinzen zu
beschäftigen, dieser Seuche, die selbst die Keime
eines künftigen Aufschwunges beständig von Neuem
anfrass.

*Der Bericht Lamarmoras. Die Parlamentscommission
zur Untersuchung der Brigandage-Angelegenheit. Die
Nationalsubscription für die Opfer der Brigandage.*

Es war denn auch wirklich die Brigandage der
erste bedeutende Gegenstand, welchen das Ministerium
Farini vornahm.

Schon das Ministerium Rattazzi hatte von Lamarmora einen Rapport über den Stand der Brigandage eingefordert; dieser Rapport war an eine
Kammercommission gewiesen und von dieser sehr
leichtfertig und unzureichend befunden worden. Lamarmora behandelte, indem er die kleine Brigandage

ganz bei Seite liess, die Bezwingung der Brigandage wie ein Object der Kriegführung. Er zählte nur die vier Banden Tristany mit etwa 100 Mann an der römischen Grenze, Caruso mit 200 Mann am Fortore, Crocco mit 200 Mann am Ofanto und della Torre mit ungefähr 80 Mann in der Terra d'Otranto auf. Es waren also ungefähr 600 Räuber zu bekämpfen in vier Banden, und es blieb nun allerdings ein vollständiges Räthsel, wie die 90,000 Mann Truppen, welche der Rapport in den neapolitanischen Provinzen rechnete, nicht ausreichen sollten, mit diesem Feinde sehr schnell fertig zu werden.

Am 16. December 1862 constituirte sich die Kammer als geheimes Comité, um auf der Grundlage des Rapportes Lamarmora, über den Krebsschaden der Südprovinzen zu berathen und geeignete Beschlüsse zu fassen. Sie beschloss denn die Erwählung einer Parlamentscommission, welche sich mit dem Auftrage in die neapolitanischen Provinzen begeben sollte, die Ursachen und den Zustand der Brigandage an Ort und Stelle zu erforschen, und dann darüber, sowie über die geeigneten Mittel zur Unterdrückung des Räuberwesens zu berichten. In die Commission wurden gewählt Sirtori, Bixio, Argentino, Saffi, Castagnola, Ciccone, Morelli, Romeo und Massari. Sie reisten am 6. Januar 1863 von Turin ab, um sich zunächst nach der Stadt Neapel zu begeben und dann, nachdem sie die nothwendigen Informationen genommen haben würden, die Reise in die Provinzen anzutreten.

Indessen wartete die Regierung den Bericht der

Commission nicht ab, um auch sonstige Massregeln gegen die Brigandage zu ergreifen. Durch ein Circular vom 1. Januar 1863 forderte der Minister des Innern zu einer grossen Nationalsubscription für die Opfer der Brigandage und zu ähnlichen Zwecken auf. Die Brigandage, sagte er in diesem Circular, lähme die Kräfte von ganz Italien, obgleich sie direct nur auf die Südprovinzen wirke, sie beflecke auch die grosse italienische Bewegung überhaupt. Man dürfe die Brigandage nicht als eine Schuld der Bevölkerungen der Südprovinzen betrachten, sondern als ein Unglück, welches ihnen das System der Bourbonen hinterlassen. So hoffnungslos die Brigandage als politisches Mittel der Bourbonen sein möge, immerhin gebe sie in Europa noch den Vorwand ab, die Einheit Italiens zu bekämpfen. Die Regierung müsse Alles thun, auch diesen Vorwand zu beseitigen; aber eins gebe es, was die Regierung nicht von sich aus thun könne. Es müsste den neapolitanischen Bevölkerungen die Ueberzeugung gegeben werden, dass ihr specielles Leiden in ganz Italien als ein allgemeines, gemeinsames empfunden werde. Wie ganz England das Leiden der Baumwollenarbeiter in Lancashire als seines gefühlt, betrachtet und darnach gehandelt habe, so müsse Italien in Bezug auf die Brigandage verfahren. Das Auftreten Italiens in dieser Hinsicht und in solcher Art, werde nicht blos eine moralische und sociale, sondern zugleich eine politische Bedeutung haben; es werde darauf hinwirken, jenen Zweifel an dem Bestande des Königreichs Italien zu beseitigen, der sich wohl in Folge langer Leiden in die Herzen der Bewohner Süditaliens hie und da eingeschlichen haben könnte.

Die Regierung werde auch in diesem Kreise ihrer Thätigkeit ferner nicht müssig sein; sie belohne den Muth in der ihr durch die Gesetze vorgeschriebenen Sphäre, und werde dem Parlament demnächst ein Gesetz vorlegen, welches darauf hinziele, diese Sphäre zu erweitern. Aber immerhin werde das Zustandekommen dieser Gesetze Zeit erfordern, und zustandegekommen werde das Gesetz immer noch der Regierung nicht gestatten, gewisse Classen häuslichen Unglücks zu berücksichtigen, welche sich vielleicht nicht genau definiren liessen. Ausserdem werde die Nationalunterstützung in vielen Fällen viel angenehmer wirken, als die Unterstützung des Staates im engeren Sinne. Deshalb würden durch dieses Circular die Präfecten aufgefordert, in den ihrer Leitung anvertrauten Provinzen sofort in sämmtlichen Gemeinden die Nationalsubscription in jeder Art anzuregen, welche den localen Verhältnissen sich am besten anpasse. Das so zusammengebrachte Geld werde dann verwendet werden, einerseits um häusliches Unglück zu mildern, welches die Folge der Brigandage sei, andererseits muthige Handlungen zu belohnen, welche bei Bekämpfung der Brigandage vorkämen. Das Ministerium werde seiner Zeit die Art und Weise angeben, in welcher die gesammelten Gelder den betreffenden Provinzialbehörden übermittelt werden könnten. Und wie für das Geben, so werde auch für die Vertheilung der Gelder die

Regierung die Mitwirkung der Privaten in Anspruch nehmen. Die Präfecten der Südprovinzen würden angewiesen werden, sowohl in jedem Hauptort der Provinz eine Centralcommission, als in allen Gemeinden Filialcommissionen zu bestellen, welche die Daten sammeln würden über die auszutheilenden Unterstützungen und Belohnungen, und ihren Rath in dieser Beziehung geben.

Niemand wird der Idee der von Peruzzi angeregten Subscription seinen Beifall versagen; die von ihm angeführten Gründe sprechen für sich selbst. Wir unsererseits legen den Hauptwerth auf die moralische Unterstützung durche diese Nationalsubscription, da uns aus langer Erfahrung bekannt ist, dass namentlich in Deutschland und Italien solche freiwilligen Besteurungen — wie reichlich übrigens von Einzelnen gegeben werden möge, — materiell wenig ertragen. Der materielle Ertrag wird stets weit unter der Leistung bleiben, für welche er bestimmt ist.

Die Idee ward übrigens in ganz Italien mit Freuden ergriffen, und verhältnissmässig flossen die Gelder reichlich, wo immer die Subscription eröffnet wurde.

Die mobile Nationalgarde. Strassen durch die Wälder am Monte Gargano.

Das Gesetz vom 4. August 1861 über die Bildung von 220 Bataillonen mobiler Nationalgarde war bisher durchaus nicht zur Ausführung gekommen; die hie und da zeitweise gebildeten Bataillone waren

meist auf ganz anderen Grundlagen formirt worden;
an den meisten Orten waren nicht einmal die Vor-
bereitungsarbeiten, wie die Aufstellung der Listen
und so weiter beendet, oder auch selbst nur begonnen
worden. Peruzzi verlangte nun durch ein Circular
vom 27. December 1862, dass die Vorbereitungs-
arbeiten bis zum 15. Januar 1863 zu Ende geführt
würden. Wie die mobile Nationalgarde, so konnte
die Nationalgarde überhaupt bei Bekämpfung der
Brigandage die besten Dienste leisten und hatte dies,
wo sie sich ordentlich benommen, auch schon bewiesen. Ein grosses Hinderniss aber musste daraus
entstehen, wenn in einzelnen Gemeinden nur kleine
Abtheilungen vorhanden waren, und die Abtheilungen
der verschiedenen Gemeinden in Gegenden, wo es
an grösseren Orten fehlte, gar keine militärische Ge-
meinschaft mit einander hatten. Dem ward entgegen
gearbeitet, wenn man die Nationalgarden eines grösseren oder kleineren Bezirkes in militärische Körper
zusammenlegte, und Peruzzi beschäftigte sich in der
That eifrig mit der Bildung solcher Körper, der
sogenannten Mandamentalbataillone.

Weiter ward nun der Plan gefasst, die Wälder,
in welchen die Hauptschlupfwinkel der grossen Räuberbanden waren, und welche auch wahrscheinlich
das Eisenbahnnetz nicht ergreifen würde, mit guten
Strassen zu durchziehen. Der Anfang sollte mit
den abgelegenen Wäldern am Monte Gargano, und
zwar insbesondere mit einer Strasse von 16 Kilometer Länge, von San Marco in Lamis zu der
Hauptstrasse, die Apricena mit Sansevero ver-

bindet, gemacht werden. Da aber jene Gegenden
theils minder bewohnt, theils gänzlich in den Händen
der Briganden waren, hielt man es für gut, zwei
combinirte Bataillone Sappeurs des Genie dahin
zu senden, welche den Kern der Arbeiter abgeben
sollten, an welche die Civilarbeiter sich anschlossen,
und zugleich als bewaffnete Hüter ihrer eigenen Werke
auftreten konnten. Am 8. Februar passirten die
ersten dieser Truppen Genua, um sich nach Neapel
einzuschiffen. Von Staatswegen wurden 133,000
Francs als Subsidie für diese Arbeit bewilligt, während der Rest von den Gemeinden, die dabei interessirt waren, geliefert werden sollte.

In directem Bezuge auf die Bekämpfung der Brigandage erliess auch der Justizminister Pisanelli
am 29. December 1862 ein Circular, durch welches
er die Präfecten aufforderte, ihm einlässlich über die
Mandamentalrichter (Kreisrichter) Rapport zu
erstatten, welche in den Südprovinzen vielfach aus
Schwäche und Furcht, oder aus Nachlässigkeit gegen
die Briganden nicht nach Recht und Pflicht verfuhren,
oder wohl gar um des Gewinnes halber mit ihnen
unter einer Decke steckten, — damit das aus irgend
einem Grunde absolut untaugliche, ja verderbliche
Personal der Kreisgerichte durch ein passenderes,
tüchtigeres ersetzt werden könnte; und ein eben-
solches Circular erliess im Auftrage des Ministers
des Innern der Generalsecretär Silvio Spaventa,
betreffs der untauglichen Sicherheitsbeamten am 26.
December.

Wir müssen hier sogleich bemerken, dass alle

diese Anstalten und Bestimmungen vorerst gar keine Wirkungen äusserten; ja man könnte fast sagen, dass gerade beim Erscheinen der Brigandagecommission in den Südprovinzen, im Winter 1862 auf 1863 die Brigandage fast frecher auftrat als je. Doch wir müssen uns die Anführung einzelner Thatsachen aus dieser Periode auf einen spätern Theil unserer Arbeit versparen.

Die südlichen Eisenbahnen.

Oefter haben wir unsere Hoffnung ausgesprochen, dass die Eisenbahnen in den Südprovinzen, wenn sie erst vollständig hergestellt sein werden, indem sie die Belebung des Verkehrs zur Folge haben müssen, eines der mächtigsten Mittel gegen die Brigandage sein werden. Es ist daher nicht unerlaubt, dass wir an dieser Stelle über den Stand der Südeisenbahnen an der Scheide der Jahre 1862 und 1863 berichten.

Am 1. December ward nach langem Zögern, welches aus geistlichen Bedenken, wie man sich vorstellen kann, entstanden war, die Eisenbahn von Rom nach Ceprano eröffnet, so dass man nun von Neapel nach Rom auf der Eisenbahn fahren konnte. Aber vorsorglich hatte der päpstliche Polizeiminister Mateucci schon am 29. November ein weitläufiges Polizeirescript erlassen, wie es bei dem Uebergang aus dem Italienischen ins Römische, oder aus dem Römischen ins Neapolitanische mit Pässen, Passkarten und Marschrouten gehalten werden solle, um den päpstlichen Staat und die Unterthanen des Papstes gegen jede Ansteckung zu bewahren. Mit Hülfe dieses Reglements und der Douanenscheererereien ist es denn glücklich dahin gekommen, dass der Reisende auf dieser Bahn einen unglaublichen Aufenthalt hat. Die Trains werden an der Grenze gewechselt, der Reisende muss bei Isoletta-Ceprano aussteigen und mit seinem Handgepäck zu Fuss über die Liribrücke wandeln. Die Administration zu Neapel kann auf ihre Gefahr Waaren nur bis Isoletta annehmen; der Spediteur hat den Transport über die Grenze nach Ceprano durchaus auf seine Kappe zu nehmen. So tritt der Krebs des Papstthums im Kleinen und im Grossen hindernd der Entwicklung Italiens entgegen.

Die italienischen Südeisenbahnen wurden zu Ende des Jahres 1862 an die Compagnie Bastogi übergeben. Diese Compagnie hatte anfangs des Jahres 1863 ihren Verwaltungsrath ernannt, an deren Spitze als Präsident Bastogi, als Vicepräsidenten die Barone Bettino Ricasoli und Baracco standen, die zu ihrem Advocaten Xaver Vegezzi wählte. Es war eine Ausführungscommission bestellt, es waren die Oberbeamten ernannt, die Bureaus gebildet, die Actien oder Reverse gedruckt, ausserdem 600 Fuhrwerke aller Art und eine Anzahl Locomotiven in Bestellung gegeben.

Auf der Section von Ancona nach San Benedetto del Tronto waren die Erdarbeiten fast vollendet, von den Wächterhäusern (52) fehlten noch zwanzig; die kleineren Kunstarbeiten waren beträchtlich vorgeschritten, die grösseren noch weiter im

Rückstande, so namentlich die Stationsgebäude, welche einstweilen durch provisorische ersetzt werden sollten.

Auf der 111 Kilometer langen Strecke von San Benedetto del Tronto bis zum Osentefluss (südlich dem Sangro) standen die Sachen ähnlich. Von den 23 Brücken mit zusammen 825 Metres Spannung, waren neun mit 165 Metres Spannung ganz fertig, die übrigen in verschiedenen Stadien, doch alle über die Hälfte fertig. Von den 3,757 Metres Tunnel in dieser Section waren erst 948 Metres völlig vollendet; bei 2,909 Metren war erst die halbe Höhe, oder noch weniger herausgearbeitet. Wenn es sich hier um einen einzigen Tunnel gehandelt hätte, so würde die Arbeit noch manches Jahr in Anspruch genommen haben, indessen in der That befanden sich in der Section neun Tunnels.

Die Strecke vom Osente bis nach Foggia, auf welcher die Herrschaft der Brigandage sehr hinderlich ward, war noch unverhältnissmässig weit zurück, doch wurden jetzt hier auch über 2,600 Arbeiter beschäftigt.

Die Section Eboli-Salerno, von 30 Kilometern, war der Vollendung sehr nahe und die Fahrstrasse über die Appenninen von Bisaccia im jenseitigen Principat nach la Valva im diesseitigen Principat, welche bis zu völliger Herstellung der Eisenbahnverbindung dieselbe ersetzen sollte, war ganz vollendet.

Der Verkehr der beim Eisenbahnbau beschäftigten Beamten und Arbeiter aus den Nordprovinzen mit den Bevölkerungen, deren Land von den Eisenbahnen durchschnitten ward, übte schon jetzt auf die Neapolitaner einen höchst vortheilhaften Einfluss, um so vortheilhafter, wie sich von selbst versteht, je einsichtiger, je bessere Italiener die Beamten waren. Bemerken müssen wir aber doch, dass im Gegensatz zu den italienischen Soldaten, die hier ihren Namen „i Piemontesi" immer noch nicht los wurden, die Eisenbahnleute von den Neapolitanern zuerst „i Francesi," und dann nachdem der italienische Staat und endlich die Compagnie Bastogi die Südeisenbahnen übernommen hatten, „i Milanesi" genannt wurden.

V.

Finanzangelegenheiten.

Provisorisches Budget. Entlassung des Marineministers Ricci. Der neue Marineminister di Negro.

Wenn auch das Ministerium Rattazzi im Amte geblieben wäre, würde es bei den vielen Zwischenfällen des Jahres 1862 und der grossentheils durch sie veranlassten späten Berufung der Kammer zur Herbstsitzung dennoch unmöglich gewesen sein, dass bis zum Beginn des Jahres 1862 das Budget für 1863 durchberathen wurde. Es wurde vollends unmöglich durch den Ministerwechsel und was damit in Verbindung stand. Das Ministerium war also gezwungen, wiederum eine provisorische Budgetbewilligung bis zum Ende März 1863 zu fordern; es

verlangte gleichzeitig, dass ihm die Vollmacht, Schatzbons bis zum Belaufe von 100 Millionen Francs aus-
zugeben, erhalten werde, welche dem Ministerium
Rattazzi ertheilt worden war. Die Commission der
Kammer, welcher das bezügliche Gesetz zur Prüfung
überwiesen ward, sah die Nothwendigkeit ein, es zur
Annahme zu empfehlen, hielt es aber gleichzeitig für
ihre Pflicht, die bündigsten Versicherungen des Ministeriums einzuholen, dass das Budget für 1863 sogleich
nach den Weihnachtsferien, und dasjenige für 1864
jedenfalls noch im Laufe des Jahres 1863 zur Berathung gelange.

Am 15. December ward dann das Gesetz über
das provisorische Budget fast ohne Discussion
mit 185 gegen 27 Stimmen angenommen.

Am 22. December vertagte sich die Kammer über
die Weihnachtsferien; erst am 28. Januar trat sie
wieder zusammen.

Während der Weihnachtspause, die das Parlament
machte, gab Ricci, der Marineminister, schon
wieder seine Entlassung ein. Bei den Neuwahlen
in Genua hatte er nicht sämmtliche Stimmen seines
Wahlcollegiums erhalten, sondern drei waren auf
seinen Gegner gefallen, 167 auf ihn. Da die Wahlversammlung ganz unverhältnissmässig schwach besucht war, so machten die auf Ricci gekommenen
167 nicht den nothwendigen Theil der Stimmen des
gesammten Wahlcollegiums aus, welche er hätte
haben müssen, um trotz des Gegners für unbedingt
gewählt zu gelten. Wie jetzt, die Sachen standen,
hatten die drei Stimmen des Gegners die Wirkung,

dass über die Rivalen ballotirt werden musste.
Ricci zog daraus den Schluss, dass er das Vertrauen
der Wähler nicht habe, und folglich nicht Minister
sein könne. Wenn man das angegebene Stimmen-
verhältniss vergleicht, so wird man wohl nicht daran
zweifeln, dass dieser Schluss geradezu lächerlich ist;
in der That war die Wahlversammlung in Genua
wohl gerade deshalb so schwach besucht gewesen,
weil die Wähler die Wahl Riccis für unbedingt sicher
hielten. Es war also nicht möglich etwas Anderes
zu glauben, als dass Ricci nur einen Vorwand
suche. Und so verhielt es sich wirklich, obgleich
er anhaltend dagegen protestirte: er hatte einen Blick
in die innern Verhältnisse der Kriegsmarine geworfen,
der ihn zurückschreckte. Alle Versuche, ihn zurück-
zuhalten, waren daher vergebens, und am 15. Januar
erhielt er seine Entlassung.

Da die Stelle aus denselben Gründen, welche
Ricci vertrieben hatten, nicht sogleich wieder zu
besetzen war, so übernahm vorläufig Menabréa,
den man wirklich den Mann für Alles nennen kann,
am 22. Januar die Verwaltung des Marineministeriums.
Er brauchte sie diesmal nur drei Tage zu behalten,
da schon am 25. Januar der Viceadmiral Marquis
di Negro zum Marineminister ernannt ward.

Das Ministerium konnte also, zum Trotz vielfach
umlaufenden Gerüchten, die ganz Anderes erwarten
liessen, wieder vollzählig vor die neu eröffnete Kammer
treten, wenn man nicht einen besondern Werth darauf
legen will, dass Farini körperlich und geistig krank,
schon jetzt gar nicht an den Geschäften theilnehmen

konnte, und nun **Minghetti** entschieden in den Vordergrund trat.

Wiedereröffnung der Kammer. Fortsetzung der Session 1861/62.

Am 28. Januar, wie erwähnt, wurde die Kammer wieder eröffnet. Es hätte nun eine neue Legislaturperiode, eine neue Session beginnen sollen, zu welcher die Wahlen auch stattgefunden hatten. Indessen fingirte vorerst das Ministerium eine **Fortsetzung der alten Legislatur** von 1861/62, und **Minghetti** setzte am 28. Januar zunächst die Gründe dafür auseinander. Sie reducirten sich im Wesentlichen darauf, dass man erst durch eine **regelmässige Discussion des Budgets** ernstlich in das constitutionelle System eintreten wollte. Durch die Fiction würde es möglich, das Budget für 1863 schon als ein regelmässig fixirtes darzustellen, als entstanden in der Legislaturperiode 1861/62, wenn die Kammer die Discussion des Budgets **sofort** an die Hand nehme, wie **Minghetti** es anrieth.

Und die Kammer kam diesem Rathe nach. Es ward also jetzt **zum ersten Male** ein regelmässiges Budget des Königreichs Italien festgestellt. Gewiss eine wichtige Sache. Indessen die Budgetverhandlungen zogen sich durch mehrere Monate hin. Wir wollen von ihnen im Zusammenhange reden. Sie wurden aber durch einen financiellen Zwischenfall unterbrochen, der mindestens ebenso wichtig ist. Und wir müssen es vorziehen, diesen Zwischenfall zuerst zu besprechen.

Die neue Anleihe und die Finanzlage des Königreichs.

Es handelt sich dabei um nichts Geringeres, als um eine neue Anleihe! Wir müssen den Leser auffordern, dass er bei dieser Gelegenheit im zweiten Band der Annalen die Verhandlungen über die Ricasolische Fünfhundertmillionenanleihe, welche am 26. Juni 1862 begannen, wieder durchlese. Das Ministerium Rattazzi hatte sich ohne Anleihe durchgeschwindelt. Das Ministerium Farini fühlte ein dringendes Bedürfniss.

Am 14. Februar erhob sich Minghetti, um der Kammer die Finanzlage des Königreichs Italien vor Augen zu führen.

Die Finanzfrage, welche wesentlich die der innern Organisation sei, sagte er, beherrsche jetzt alle übrigen Fragen, welche, wie gross immer, vorläufig zurückgestellt werden müssten. Es sei erklärlich, dass das junge vereinigte Italien, in seinem Streben, auf einmal nachzuholen, was andere Staaten in langen Jahren vollbracht, sich in die Ausgaben geworfen habe, ohne viel nachzusinnen. So sei das Ausgabebudget des neuen Königreichs ungefähr auf das Doppelte der 500 Millionen gestiegen, welche die Summe des Budgets der Einzelstaaten ausmachten, aus deren Verein es sich gebildet habe. Ein Deficit von 400 Millionen jährlich sei stehend geworden, während die Einzelstaaten zusammen früher nur etwa ein jährliches Deficit von 50 Millionen auswiesen.

Zu diesem kleinen Grunddeficit kämen für das

neue Königreich die Ausgaben für die Kriege von
1859 und 1860, dann ein Ausfall von etwa 30
Millionen in den Einnahmebudgets gegen früherhin,
veranlasst durch den Umstand, dass die revolutionären
Regierungen in der Uebergangszeit mehrere von den
alten Steuern abschafften. Fünfzig andere Millionen
Mehrausgabe mindestens stammten daher, dass man
bei der Vereinheitlichung der Verwaltung
nicht sehr sparsam zu Werke gegangen, zahlreiche
Aemter geschaffen, die Besoldungen gegen früher
erhöht habe; auf die Vermehrung der Zahl der Pensionen durch die Abschaffung von Beamten, welche
die alten Regierungen hinterlassen, und aus ähnlichen
Gründen seien wenigstens 20 Millionen zu rechnen.
Auf die öffentlichen Arbeiten, die mit Eifer angegriffen wurden, auf die Organisation und Ausstattung
des Heeres und der Marine würden jährlich im
Vergleich zu den alten Verhältnissen mindestens 150
Millionen mehr ausgegeben. Die Zinsen der Staats-
schulden endlich seien allein von 1859 bis 1861
um 70 Millionen gewachsen. Ueberall habe man
den öffentlichen Credit in Anspruch genommen, um
die Mehrausgaben zu decken. Alles berechnet, sei
anzunehmen, dass das Jahr 1862 mit einem Deficit
von 375 Millionen abschliesse, welches rein der
Vergangenheit angehöre. Das Budget für 1863
sei noch nicht berathen, aber aus den von Sella
hinterlassenen Berechnungen ergebe sich voraussicht-
lich für das Jahr 1863 ein Deficit von 354 Millionen,
wozu noch die Zinsen einer Anleihe treten würden,
von der der Minister alsbald zu reden gedenke, so

dass man in runder Summe für 1863 ein Deficit von 400 Millionen vor sich haben werde.

Der allgemeine Stand der Dinge sei also dieser: in den drei ersten Jahren der Auferstehung Italiens seien 1000 Millionen mehr ausgegeben als eingenommen, und dieses Deficit sei durch Vermehrung der Staatsschuld gedeckt; aus dem Jahre 1862 seien 375 Millionen, aus dem Jahre 1863 seien 400 Millionen Deficit, also im Ganzen 775 Millionen noch zu decken. Man müsste wohl zusehen, wohin Italien auf diesem Wege gelange; es sei Zeit, einzuhalten.

Hier schrie ein Deputirter dazwischen: Musolino hat's längst gesagt!

Ehe er, fuhr Minghetti nun fort, auf die Mittel zur Besserung eintrete, müsse er zwei anscheinende Formfragen berühren.

Dringende Ausgaben über das Budget hinaus, könnten nach der bestehenden Gesetzgebung durch königliche Decrete vorläufig angeordnet werden, welche allerdings nachträglich vom Parlament genehmigt werden müssten. In solcher Weise seien in den 3 Jahren 1860 bis 1862 290 Millionen Francs auf Grund königlicher Decrete verausgabt worden. Dies System sei höchst gefährlich und bedürfe der Reform; der Minister werde eine solche beantragen. In Holland und Belgien sei gar keine Alteration des festgestellten Budgets ohne Genehmigung des Parlaments zulässig; in Frankreich seien die Ueberträge von einem Budgetartikel auf den andern (die in Italien nicht zulässig sind), gestattet. Damit werde

wenig gewonnen. Das englische System lasse
Ueberträge nur im Budget des Kriegs und der Marine
zu, statuire aber einen Fonds für allgemeine
Ausgaben, aus welchem und bis zu seinem Betrag, in Abwesenheit des Parlaments dringende Mehrausgaben auf Grund königlicher Decrete bestritten
werden könnten. Dieses englische System scheine
dem Minister für die dermaligen Verhältnisse das
passendste, und er werde seine gesetzliche Feststellung beantragen.

Zweitens sei es nothwendig, das Budget nach
dem französischen Muster in zwei besonderen Ge-
setzen zur Berathung zu bringen, nämlich in einem
Budget der ordentlichen Einnahmen und Ausgaben, und in einem Budget der ausserordentlichen Ausgaben und Einnahmen. Es sei auch
dies keine blosse Formfrage. Es sei vielmehr
natürlich, den permanenten Bedürfnissen zuerst die
permanenten Deckungsmittel gegenüber zu stellen;
dann erst die ausserordentlichen Bedürfnisse zu betrachten und zuzusehen, inwiefern ihnen durch die
ordentlichen Einnahmen genügt werden könne, inwiefern ausserordentliche Quellen eröffnet werden
sollten und könnten.

Italien werde noch lange ein ausserordentliches Budget nöthig haben, und dafür auch ausserordentliche Deckungsmittel. Worauf es aber vor
allen Dingen ankomme, das sei, die ordentlichen
Ausgaben mit den ordentlichen Einnahmen in's
Gleichgewicht zu bringen. Jetzt sei im ordentlichen

Budget die Ausgabe 821 Millionen, die Einnahme 546;
es bliebe also hier ein Deficit von 275 Millionen.
Wie sei es fortzuschaffen? Minghettis
Vorgänger hätten alle den Wunsch gehabt, es augenblicklich verschwinden zu lassen und die Ueberzeugung, dass dies möglich sei. Sella noch habe
es als eine Lebensfrage für Italien bezeichnet, dass
1864 das Deficit im ordentlichen Budget ver-
schwinde. Minghetti könne sich dieser Illusion
nicht hingeben. Eine übertriebene ausserordentliche Besteuerung, wie sie dazu nöthig wäre,
vertrockne die Quellen des öffentlichen Wohlstandes;
die nothwendigen Ersparungen könnten zum Theil
nur auf Grund organischer Gesetze stattfinden, die
nicht sogleich herzustellen seien. Er nehme einen
Zeitraum von drei Jahren für die Fortschaffung
des Deficits aus dem ordentlichen Budget an, drei
Jahre von 1864 ab. In diesen drei oder vier Jahren
werde eine allmälige Erhöhung der Einnahmen,
Verminderung der Ausgaben möglich sein.

Die drei Mittel liegen: 1. in den Ersparnissen an den Ausgaben, 2. in der natürlichen
Zunahme des Ertrags der bestehenden Steuern,
3. in der Auflage neuer Steuern oder der Erhöhung der bestehenden.

Die Ersparnisse zerfielen in verschiedene Ca-
tegorien.

In die erste gehörten diejenigen Ersparnisse, wobei die Gesetzgebung gar nicht in's Spiel komme:
Unterlassung ganz überflüssiger Ausgaben, Aussonn-
derung solcher Ausgaben, welche in der That aus-

serordentliche und eventuelle sind, aus dem ordentlichen Budget, Ueberlassung von Etablissements, die
jetzt der Staat kostspielig selbst verwaltet, an die
Privatindustrie; Abschaffung von Missbräuchen und
Verschwendung in allen Zweigen der Verwaltung.
In dieser Categorie würden 40 bis 50 Millionen zu
ersparen sein.

Eine zweite Categorie ergebe sich durch eine
gesetzlich regulirte Decentralisation und den
Uebergang einer Anzahl von Functionen, die jetzt
der Staat habe, an die Provinzen und Gemeinden:
fromme Werke, Findelhäuser, Secundar- und tech-
nischer Unterricht, Sanität, schöne Künste, Theater,
und wie es schon in manchen Provinzen sich verhalte, Strassenbau, könnten vom Centrum an die
Glieder übergehen. Alle Ausgaben, die für Rück-
erstattungen an die Provinzen und Gemeinden aus
diesen Titeln gezahlt werden müssten, berechnet,
würde sich dadurch im Staatsbudget dennoch eine
Ersparniss von 20 bis 25 Millionen ergeben.

Eine dritte Categorie von Ersparnissen würde
sich aus administrativen Reformen ergeben:
Abschaffung der Behörden für die administrativen
Competenzconflicte, Verringerung der Zahl der Gerichte,
Processreform, bescheidenere Einrichtung der Central-
und Localverwaltungen, Abschaffung der überflüssigen
Beamten. Wer schlüge nicht die Hände über dem
Kopf zusammen, wenn er höre, dass für Civilbeamte
jährlich an Gehalten 100 Millionen, an Pensionen 33,
an Wartegeldern 10 Millionen gezahlt würden! Rechne
man dazu die Wohnungsentschädigungen, Repräsen-

tations- und Umzugsgelder, so komme für die italienische Bureaucratie im Ganzen eine Summe von 180 Millionen Francs jährlich heraus. Niemand könne läugnen, dass auf diesem Titel allein 30 Millionen jährlich mit Leichtigkeit erspart werden könnten. Die heutige Bureaukratie sei eine Form jenes Socialismus, welcher die Bourgeoisie so erschreckt habe, als er vor 15 Jahren auf die Gasse niedergestiegen sei, welchen sie aber dort geliebkost habe, wo er ihr als ein Instrument der Ordnung, der Regierungsgewalt erschienen.

Minghetti rechnete demnach mindestens 100 Millionen Verminderung des ordentlichen Staatsbudgets durch Ersparnisse heraus und blieb bei dieser Berechnung auch, als ihm von der Linken mehrfach zugerufen ward: es sei jetzt zu spät! Er verlangte vier Jahre und dabei noch eiserne Fäuste in allen Verwaltungen, um in den vier Jahren wirklich diese Ersparnisse zu erzielen. Und in Beidem hatte er Recht.

Er ging darauf zu der natürlich fortschreitenden Vermehrung des Erträgnisses der Steuern über. Nur die Hauptpuncte in diesem Bezug, sagte er, werde er berühren. Das Erträgniss der Zölle müsse sich ohne Frage vermehren, nachdem die neuen Gesetze über die Douanen in Wirksamkeit getreten, nachdem die Möglichkeit gegeben sei, die Unordnungen zu beschränken, welche von der Uebergangszeit unzertrennlich gewesen. Die Abschaffung der Privilegien der Freistädte und Freihäfen werde das Erträgniss noch weiter stei-

gern, indem sie die Axt an den Stamm des Contre-
bandirens lege. Ebenso müsste das Erträgniss aus
dem Tabaksmonopol sich beträchtlich steigern.
Die Salinen könnten, wie durch die Erfahrung bewiesen sei, mit grossem Nutzen der Prtvatindustrie
übergeben werden. Der Dienst der Pulverfabri-
cation könne gleichmässig gestaltet und auch dabei
gewonnen werden. Die Rhederei- und Seehan-
delszölle (Hafenzölle) weisen ein bedeutendes,
regelmässiges Steigen des Ertrages aus. Alles dies
zusammen, würde schlecht gerechnet, binnen einigen
Jahren eine Mehreinnahme von 30 Millionen Francs
repräsentiren.

Die Register-, Hypotheken- und Erb-
schaftssteuern hätten nicht den Ertrag gebracht,
welchen man sich von ihrer Auflage versprach; aber
dies sei wohl nur secundären Gründen zuzuschreiben,
und auch hier dürfe man binnen vier Jahren eine
Vermehrung der Einnahme um 30 Millionen mindestens
annehmen; mindestens, wenn man sich den Ertrag
dieser Steuern in Frankreich betrachte.

Das natürliche Wachsen bestehender Steuern
bringe also gegen jetzt einen Mehrbetrag von wenigstens 60 Millionen.

Zu neuaufzulegenden Steuern übergehend,
redete Minghettti zuerst von der Grundsteuer. Die
Ausgleichung der Grundsteuer in den verschiedenen
Provinzen sei von den ersten Tagen der Einigung
Italiens ab, einer der am stärksten hervortretenden
Wünsche gewesen. Natürlich könne nur von einer
provisorischen Ausgleichung auf irgend einer prin-

cipiell angenommenen Grundlage die Rede sein.*)
Die im Jahre 1861 für die Grundsteuerausgleichung eingesetzte Parlamentscommission habe sich sofort in drei Gruppen getheilt, deren jede von einem verschiedenen Princip der Veranlagung ausging. Alle drei Gruppen seien aber in dem letzten Resultat, welches den Ertrag betrifft, einander so nahe gekommen, dass eine Ausgleichung leicht war, und die Regierung in den Stand gesetzt werde, demnächst ein Gesetz über diesen wichtigen Gegenstand vorzulegen. Der Steuerertrag könne zugleich, ohne dass dem Nationalwohlstand Abbruch geschehe, um 20 Millionen erhöht werden. Die Besteurung bis jetzt nicht geschätzter Güter, die Besteurung von Gütern, welche wohl geschätzt, aber bisher von der Steuer befreit gewesen seien, die Rectification der Schatzungen des städtischen Grundbesitzes würden weitere 15 Millionen jährlich einbringen, und somit könne binnen vier Jahren der jährliche Ertrag aus der Grundsteuer um 35 Millionen erhöht werden.

Es könne nun ferner nach dem von Sella schon eingebrachten Vorschlag, eine Steuer eingeführt werden auf die Renten aus Vermögen, welches nicht

---

*) Es versteht sich von selbst, dass eine definitive Grundsteuerausgleichung nur auf Grundlage einer genauen Catastrirung stattfinden kann. Eine solche ist aber eine Arbeit, die stets grosse Zeit fortnimmt, und viele Decennien fortnehmen muss, wenn bei der Anlage ungeschickt verfahren wird, mit andern Worten, wenn der Staat hier Alles thun will. Wir haben bereits Gelegenheit gehabt, verschiedene über diesen Gegenstand gepflogene Kammerverhandlungen vorzuführen.

in Grundbesitz bestehe, auf die Renten aus mobilem
Besitz. Diese Steuer würde eine allgemeine für
das ganze Königreich sein; einige Special-
steuern ähnlicher Art in verschiedenen Provinzen,
müssten dafür abgeschafft werden. Deren Ertrag belaufe sich auf 15 Millionen Francs, aber immer
noch würde aus der Steuer auf den mobilen Besitz
sich ein Mehrertrag von 40 Millionen gegen jetzt
ergeben.

Consumsteuern existirten in den verschiedenen
Provinzen von mannigfacher Art, und die Theile von
ihnen, welche den Gemeinden einerseits, dem Staate
andererseits zufielen, seien ebenso verschieden nor-
mirt. Auch die Meinungen über neue Einrichtungen
gingen auseinander. Minghetti werde demnächst
ein Gesetz über die definitive Regulirung dieser
Angelegenheit einbringen. Indessen wäre er zufrieden, wenn die Kammer bei Gelegenheit der Budgetberathung eine provisorische Regelung, die vom
1. Januar 1863 ab Geltung bekäme, annehmen wolle.
Dieselbe müsse aber immer auf folgenden Grundlagen beruhen: dass vorerst in der Erhebungsart
nichts geändert werde, dass zweitens das Betreffniss,
welches dem Staate zufalle, erhöht werde. Denn
es sei sonderbar, im Vergleich zu andern Ländern,
dass die Consumsteuer im ganzen Königreich dem
Staat jetzt nur 15 Millionen Francs eintrage. Er
rechne mit Bestimmtheit auf eine Erhöhung von 35
Millionen jährlich, innerhalb der nächsten vier Jahre.

So hätte man also in diesem Zeitraum eine Erhöhung des Gesammtertrags der Steuern von

115 Millionen jährlich zu erwarten; dazu kämen 60 Millionen aus dem natürlichen Wachsen des Ertrags der bestehenden Steuern und 100 Millionen Ersparnisse, und somit würde das gegenwärtige Deficit im ordentlichen Budget gedeckt sein.

Bestände dies Deficit die nächsten vier Jahre mit 275 Millionen fort, so würde es zu 1100 Millionen anwachsen; da nun die Ausgleichung nur allmälig fortschreiten könne, so möge man immerhin annehmen, dass im Durchschnitt jedes Jahr nur die Hälfte von 275 Millionen fortgeschafft werde. Es würde dann also am Ende der vier Jahre immer noch ein Gesammtdeficit von 550 Millionen sich herausstellen.

Ein ausserordentliches Budget, um nun von diesem zu reden, würde Italien noch lange nicht entbehren können. Aber bei dessen Feststellung müsse, um des Landes Wohlfahrt willen, mit der allerhöchsten Sparsamkeit verfahren werden, und er, der Minister, glaube, dass in den nächsten vier Jahren auf keinen Fall mehr als zusammen 400 Millionen auf das ausserordentliche Budget kommen dürften.

Rechne man nun die ganze Summe der Deficits zusammen, welche am 1. Januar 1867 noch bestehen würden, so habe man 375 Millionen aus dem Jahre 1862, 550 Millionen aus dem ordentlichen und 400 Millionen aus dem ausserordentlichen Budget der vier nächsten Jahre 63, 64, 65 und 66; also zusammen 1325 Millionen Francs.

Wie solle diese Summe gedeckt werden? Es sei absolut unmöglich, ohne eine Anleihe mit ihr fertig zu werden, und diese Anleihe dürfe nicht unter 700 Millionen Francs betragen. Eine grosse Anleihe sei unbedingt mehreren kleinen vorzuziehen.

Gleichzeitig aber müsse die schwebende Schuld Italiens verringert werden; man könne und dürfe nicht fortfahren, 300 Millionen Schatzbons, auf welche Summe man gegenwärtig nach den verschiedenen Verwilligungen komme, im Umlauf zu erhalten; man müsse diese Summe allmälig auf 150 Millionen verringern.

Eine Deckungsquelle sei der Verkauf der Domänen, deren der Staat für 344 Millionen Francs besitze; davon seien für 126 Millionen für den öffentlichen Dienst im Gebrauch, es bleiben also für 218 Millionen für den Verkauf disponibel, unter ihnen das grosse apulische Tafelland.*) Die Güter der geistlichen Casse, die neuerdings auch zu den Staatsdomänen übertragen seien, liessen sich schwer, zum Theil sehr schwer schätzen, doch hätten sie mindestens den Werth von 222 Millionen, soweit disponibel zum Verkauf. — Diese Schätzungen des Werths seien nach der Rente, unter Abzug der sehr beträchtlichen Verwaltungs- und Reparaturkosten, welche sich bisweilen auf 38 Procent beliefen, gemacht.

Schätze man die gesammten, zum Verkauf verfügbaren Domänen auf 440 Millionen, nehme man

---

*) Tavoliere di Puglia, die grosse Weidebene, welche sich südlich Bovino und Foggia, 70 Miglien weit durch die Capitanata und die Terra di Bari erstreckt.

an, dass 150 Millionen Schatzbons im Umlauf blieben, rechne man hiezu die Anleihe von 700 Millionen,
so erhalte man zur Deckung der 1325 Millionen
Deficit 1290 Millionen, also eine der ersteren sehr
nahe kommende Summe. Minghetti aber glaube,
dass die Domänen beträchtlich theurer verkauft
werden würden, so dass aus dem Mehrertrag auch
noch weitere Bedürfnisse gedeckt werden könnten,
als blos der Ausfall, den ihr Verkauf für die Staatscasse bringe.

Nun könne man ihm vorwerfen, dass er nur
bis 1867 gerechnet, während er doch selbst zuge-
geben, dass Italien noch lange ein ausserordentliches
Budget brauchen werde, dass er auf möglicher Weise
dazwischen kommende Kriege mit den grossen
Ausgaben, welche sie machten und dergleichen mehr,
keine Rücksicht genommen. Woher er denn da
ausserordentliche Deckungsmittel nehmen wolle, wenn
er alle Hülfsquellen des Staates für die nächsten
vier Jahre erschöpfe und in Anspruch nehme?

Er vermöge darauf zu antworten, dass er dies
nicht thue, dass Italien vielmehr noch grosse Hülfsquellen behalte. Das Gesetz über die Güter der
geistlichen Casse sei bis jetzt noch nicht angewendet auf die Lombardei, die Emilia, Toscana
und Sicilien, auf welche es doch werde angewendet
werden. Hier würden die geistlichen Güter dem
Staate mindestens 200 Millionen eintragen. Dazu
komme der mögliche Verkauf oder die Verpach-
tung der Staatseisenbahnen, welcher nach
Sellas Berechnung 150 Millionen Francs eintragen

würde. Endlich könne man im äussersten Fall Renten ausgeben auf die Güter der Gemeinden,
frommer Stiftungen u. s. w. Dies möchte ein
schönes Geschäft, nicht blos für die Staatscasse,
sondern auch fur die Förderung des öffentlichen
Wohlstands sein. In Spanien habe es die besten
Früchte getragen.

Alle diese Vorkehrungen müssten indessen von
andern Dingen begleitet sein, welche auf die rasche
Entwicklung des Volkswohlstandes abzielten.
Dahin gehörten die Handelsverträge; derjenige
mit Frankreich sei der Kammer bereits zur Berathung übergeben, derjenige mit England werde
hoffentlich bald übergeben werden können. Diese
Handelsverträge seien die ökonomische Anerkennung des neuen Königreichs, sie könnten
nicht ohne den wohlthätigsten Einfluss auf die Entwicklung der italienischen Industrie, des italienischen
Handels bleiben.

Dieselbe Wirkung werde die Leih- und Depositencasse haben, über deren gesetzliche Regelung das Ministerium mit Senat und Kammer zum
Einverständniss zu kommen hoffe.

Die Nationalbank stehe noch immer nicht auf
der Höhe der möglichen Leistungen, auf welche sie
durch Unification des Bankwesens und neue organ-
ische Einrichtungen gebracht werden könnte. Alle
Creditinstitute müsse die Regierung begünstigen;
auch fremdes Geld könne Italien sehr gut gebrauchen und die Anlage fremden Capitals in Italien bringe
diesem letztern offenbar auch politische Vortheile.

Der Immobiliarcredit entspreche den Bedürfnissen der heutigen Gesellschaft durchaus, den Interessen des Ackerbaues wie denen des Capitals. Eine Gesellschaft für Gründung des Immobiliarcredits in Italien habe bereits vom Ministerium Rattazzi die Concession erhalten, welche sich jetzt in den Bureaus der Kammer befinde. und dort in ihrer jetzigen Gestalt allerdings auf grossen und berechtigten Widerstand gestossen sei. Man hoffe, dass der Concession eine annehmbarere andere Gestalt gegeben werden könne.

Gleichzeitig beschäftige sich der Justizminister mit einer Reform des Hypothekenrechts; das jetzige sei bunt verschieden in den verschiedenen Provinzen und unpassend für die heutigen Verhältnisse. Indem es den Grundbesitzer zu schützen strebe, lege es ihm Fesseln an, — es widerspreche dem grossen Gesetz, nach welchem heute die Welt strebe, auch das Grundeigenthum möglichst beweglich zu machen.

Der Minister der öffentlichen Arbeiten werde sein Augenmerk ganz besonders auf die Bodenmeliorationen richten, — auch insofern dieselben durch die Privatindustrie übernommen werden könnten, die Herstellung von Docks in den Seehäfen begünstigen, welche ganz besonders geeignet scheinen, bei dem Ziele, endlich dem störenden Unwesen der Freihäfen ein Ende zu machen, mitzuwirken.

Minghetti setzte ferner auseinander, weshalb er den Verkauf der Eisenbahnen nicht als ein jetzt anzuwendendes financielles Hülfsmittel, sondern als

ein solches aufgeführt, von dem erst später die
Rede sein könne. Für jetzt müsse der Staat seine
Eisenbahnen noch in der Hand behalten, um desto
kräftiger auf eine für den allgemeinen Wohlstand günstigere Gruppirung der verschiedenen Eisenbahnverwaltungen und Gesellschaf-
ten hinwirken zu können.

Und nun brachte Minghetti sein Gesetzproject
ein, laut welchem ihm, dem Finanzminister, Vollmacht gegeben ward, soviel fünfprocentige Rente,
einzuschreiben in das „grosse" Buch der italienischen
Schuld (welches seinem Namen immer mehr Ehre
zu machen versprach), veräussern zu dürfen, dass
700 Millionen Francs baar in die Staatscasse kämen.
Er empfahl nicht blos die Annahme überhaupt, sondern auch die Schnelligkeit der Behandlung
dieses Gesetzes der Kammer mit grosser Wärme,
nicht sowohl weil es jetzt dringend sei, baares
Geld in den Staatsschatz zu bringen, als damit das
Finanzsystem Italiens festgestellt werden
könne.

Die Wärme des Ministers bei diesen Empfeh-
lungen ist freilich an sich erklärlich; 700 Millionen
sind gerade kein Spass. Indessen waltete doch noch
ein besonderer Grund ob, der Minghetti trieb.
Napoleon III. hatte bei Gelegenheit der Verhandlungen über den Handelsvertrag sich genauen Bericht
über die italienischen Finanzen erstatten lassen, und
wie er denn jetzt, seit Aspromonte, sich überhaupt
so herrisch gegen Italien benahm, als früher nie,
hatte er zu Turin sein entschiedenstes Missfallen

über die italienische Finanzwirthschaft aussprechen lassen; Italien möge sich doch nach seiner
Decke strecken, möge sich seinen Verhältnissen gemäss einschränken, namentlich auch den grossen
Heeresstand beschneiden, da es ja allein doch
nichts machen könne. Wenn Italien gar keine Leute
habe, die etwas von Finanzwirthschaft verständen,
so wolle er einige geschickte Franzosen nach
Turin schicken, welche die Sache schon in Ordnung
bringen würden.

Man begreift, dass solche Aeusserungen ein
wenig treibend auf das Ministerium wirken mussten.

Wir glauben, dass die Rede Minghettis ein äusserst
interessantes Studium am Anfange des Jahres 1867
sein wird, und, wenn wir dann noch selbst im Stande
sind, in der Fortsetzung dieser Annalen zu unsern
Lesern zu reden, wollen wir es gewiss nicht ver-
säumen, ernstlich an diese Rede zu erinnern, welche
nächst derjenigen Musolinos über die römische
Frage wohl die bedeutendste ist, die im italienischen
Parlament gehalten wurde. Unser Auszug ist mit
diplomatischer Genauigkeit abgefasst und enthält
alles Wesentliche.

Auch wir glauben, dass das gesegnete Italien
sein Ausgabe- und Einnahmebudget in nicht allzu-
langer Zeit, wenn auch durchaus nicht in vier Jahren
ausgleichen wird; aber wir glauben, dass es dies thun
wird trotz seiner Finanzkünstler, deren ganze
Weisheit im Pumpen und Verkeilen mit dem Motto:
Fort mit Schaden! und Après nous le deluge! be-
steht — in Folge des Aufschwunges, den seine

Industrie und sein Handel nothwendig nehmen wird. Der schnelle Verkauf der Domänen ist gewiss kein gutes finanzielles Mittel; der schnelle Verkauf wird eine Vermehrung der Zahl der kleinen Eigenthümer, welche unter den gegenwärtigen Verhältnissen so wichtig wäre, aller Wahrscheinlichkeit nach nicht herbeizuführen. Im Uebrigen wollen wir die Thatsachen abwarten, und sie dann für sich selbst sprechen lasssen.

Die Kammer folgte dem Rathe Minghettis; schon am 23. Februar legte Broglio, als Referent der Kammercommission, deren Bericht über das Anleihegesetz vor. Die Commission hatte allerdings viele Zweifel und Bedenken gehabt, namentlich hatte sie nicht mit vollem Glauben sich an alle die Zahlen heften können, die Minghetti über künftige Ersparnisse, sowie über Einnahmeerhöhungen aufstellte, aber — Geld musste geschafft werden, das wenigstens war von Minghetti schlagend bewiesen, und eben weil die Kammercommission nicht im Stande war, sich ein eingehendes Urtheil über die Specialitäten zu bilden, stimmte sie der Forderung Minghettis bei; sie fügte seinem einen Paragraphen nur noch zwei andere bei, nämlich dass binnen einem Jahre die umlaufenden Schatzbons auf 150 Millionen reducirt würden, und dass der Finanzminister nach Vollendung der Anleiheoperation dem Parlament darüber Bericht zu erstatten habe.

Als am 25. Februar die Discussion der Kammer begann, nahm Minghetti die Zusätze der Commission ohne Weiteres an. La Porta brachte nun eine

Tagesordnung ein, die darauf abzielte, die ganze Verhandlung so lange hinauszuschieben, bis Minghetti die von ihm versprochenen organischen Gesetze eingebracht habe, damit man sehen könne, ob dieselben wirklich die finanziellen Wirkungen haben könnten, welche er sich von ihnen verhiess. Selbst die Discussion über diese Tagesordnung ward sogleich beseitigt, — und es handelte sich also jetzt sogleich um die Frage, die Anleihe zu bewilligen oder zu verweigern.

Mordini begann die Discussion damit, dass er auf den Zusammenhang der Finanzen mit der Politik aufmerksam machte, den Satz aufstellte: gute Politik, gute Finanzen, und nun die Politik der Regierung, namentlich auch die französische Alliance angriff, — Crispi sagte, er glaube nicht an Minghettis vielverheissende Reformen, dieser solle 'erst die Reformen einführen; dann könne man weiter sprechen. Beim jetzigen Stande der Dinge sei alles Geld nur rein fortgeworfen. Crispi beendete seine Rede erst am 26. Februar. Ihm antwortete der Rattazzianer Boggio insbesondere. Crispi hatte gesagt, die Majorität sei selbst in sich gespalten, wie es sich auch verhielt; — in politischen Fragen stände die Majorität allerdings gegen die Linke zusammen, sowie es sich aber um Verwaltungsfragen handle, kämen die individuellen Interessen ins Spiel, und mit dem Zusammenhalten der Majorität sei es vorbei. Boggios Rede bestand nun wesentlich darin, dass er ankündigte, diesmal würden die Rattazzianer sicher mit den Farinianern zusammenhalten und die Linke würde sich ungeheuer täuschen, wenn sie glauben sollte, dass die Rattazzianer gegen die Anleihe stimmen würden. Dem Advocaten Boggio mochte eine Art Erinnnerung an das Cavour-Rattazzische Connubium vorschweben. Ueberdies, wenn Rattazzi etwa bald wieder ans Ruder kam, konnte er das Geld, welches Farini-Minghetti beschafft, gewiss ebenso gut durchbringen als dieses Dioscurenpaar, und hatte noch den Vortheil, dass die Vollmacht schon vorhanden war, und er sie nicht zu fordern brauchte.

Pasolini erwiderte in unbedeutender Weise auf die Vorwürfe, welche Mordini dem Ministerium wegen seiner auswärtigen Politik gemacht hatte.

Der Rattazzianer Lafarina erklärte, dass seine Partei allerdings die Anleihe votiren werde, aber zugleich unterwarf er die Pläne Minghettis und seine Versprechungen einer sehr scharfen Kritik. Höchst komisch war es, wie er Minghetti dessen wegwerfende Aeusserungen über die Bureaucratie, diese Herzensgeliebte Lafarinas vorwarf. Nisco sprach im Allgemeinen für die Anleihe; Peruzzi vertheidigte die innere Politik des Ministeriums, und endlich erhob sich Musolino zu einer seiner durch Klarheit, Wahrheit, Höhe der Gesichtspunkte, ausgezeichneten Reden.

Das gegenwärtige Finanz-System führe zum Bankrott, sagte er; so oft er eine finanzielle Auseinandersetzung höre, habe er den Eindruck einer Phantasmagorie, den Eindruck wie von einer Laterna magica. Alle Finanzminister bisher, Bastogi, Sella,

Minghetti, hätten immer dasselbe versprochen: mit
einer Anleihe würden sie zu einer Ausgleichung von
Einnahme und Ausgabe gelangen; keiner halte
das Versprechen. Auch Minghettis glänzendes
Finanzgebäude ruhe auf zertrümmerten Säulen. Er,
der Redner, glaube, dass ganz im Gegensatz zu
Minghettis Versprechungen Italien im Jahre
1864 ein Deficit von 664 Millionen haben
werde. Die versprochenen Einnahme-Erhöhungen
könnten wegen der practischen Schwierigkeiten erst
in einigen Jahren eintreten. Von dem Verkauf
der Domänengüter verspreche man sich ganz irr-
thümlicher Weise eine grosse und schnelle Einnahme. Aber ganz abgesehen davon, zum Heile
Italiens sei es gar nicht erlaubt, den Verkauf der
Domänen, wie nach Minghettis Plane geschähe,
zu einer Frage, einem Geschäft für die Bankiers
zu machen, vielmehr müsse dieser Verkauf als eine
grosse sociale, humanitarische Frage aufgefasst werden, gleichbedeutend mit Verschwinden des
Proletariats, Vernichtung des Pauperismus.

Minghetti wolle bis 1867 vordringen und habe
nicht bemerkt, dass auf dem halben Weg, 1864
ihm schon der Weg verrammelt sei. Im Jahre 1864
werde Italien an einem finanziellen zweiten December stehen, wie die parlamentarische Regierung der
französischen Republik. Minghetti habe viel von
Reformen im Beamtenwesen gesprochen, von den
Ersparnissen, die sich daraus ergeben würden.
Aber was wolle man denn mit den jetzigen Beamten machen? Nicht einmal auf Wartegeld könne

man sie setzen, denn sie würden antworten: sie
seien ganz gesund und munter, wollten arbeiten und
dafür bezahlt sein. Ausserdem werde das Parlament gar nicht wagen, die Hand an das
System des Favoritismus zu legen. Die Deputirten würden doch nicht ihre eigenen Söhne und
Günstlinge malträtiren wollen. Und wer von ihnen
habe etwa nicht gesucht, seine Lieben an die Stelle
der armen vorhandenen Beamten zu bringen?

Der Steuerertrag sei statt im Zunehmen, vielmehr im Abnehmen; das werde auch in den folgenden Jahren so fortgehen. Die Consumsteuer
sei nicht zu gering, sondern überhoch und drücke
besonders auf den Armen, der die Regierung deshalb verfluche. Er hoffe, dass Minghetti ein christ-
licheres Gesetz über die Consumsteuer einbringen
werde.

Alles wohlberechnet, komme 1864 ein Deficit
von 600 Millionen und darüber heraus. Was wolle
man dann machen? die Beamten auf Halbsold
setzen? die Soldaten entlassen? Man werde wieder zu einer neuen Anleihe schreiten, und um 600
Millionen baar zu bekommen, da der Credit ruinirt
sei, das Land mit einer Schuld von 1200 Millionen
Francs belasten müssen.

Wenn man ihn, den Redner nun frage, ob er ein
Gegenmittel habe und welches? so antworte er
darauf ja! und dieses Gegenmittel sei eine radicale
Reform des Steuerwesens, eine gerecht, nach
den wirklichen Kräften vertheilte Einkommensteuer.
Diese werde in Italien jährlich einen Ertrag von

mindestens 1000 Millionen, vielleicht von 1200 Millionen geben, und damit sei wirklich und bald geholfen. Alle Ersparnisse, die überhaupt möglich seien, könnten ihre Wirksamkeit stets erst im Laufe einer Anzahl von Jahren aufweisen.

Wir müssen hiezu ausdrücklich bemerken, dass Musolino nicht etwa ins Blaue hinein sprach, sondern dass er einen wohl und vollständig ausgearbeiteten Steuerplan hatte. Aber von der gerechten directen Steuer wollen die bevorzugten Classen, will die Bourgeoisie nirgend etwas wissen, in Italien so wenig als in Deutschland oder Frankreich.

Minghetti antwortete in langer Rede und hielt natürlich alle seine Behauptungen aufrecht. De Blasiis unterstützte ihn. Dazwischen ward nach Schluss gerufen. Der Schluss der Discussion ward von der Kammer angenommen und nachdem noch einige Redner Unbedeutendes gesprochen, nachdem andere Eingeschriebene auf das Wort verzichtet hatten, bewilligte die Kammer die Anleihe mit 204 gegen nur 32 Stimmen.

Die Senatscommission, welche zu ihrem Berichterstatter den Grafen de Revel gewählt hatte, vollendete ihren Rapport am 6. März. Sie konnte ihr Bedauern nicht unterdrücken, dass die Fünfhundertmillionenanleihe von 1861, weit entfernt, die Ausgleichung von Ausgabe und Einnahme möglich zu machen, eigentlich zu gar nichts genützt hatte, — aber natürlich empfahl auch sie die Zustimmung zu der neuen Siebenhundertmillionenanleihe.

Der Senat verhandelte über die Sache am 9. und 10. März, und obwohl sich in ihm ein fast noch grösseres Misstrauen als in der Deputirtenkammer gegen die Erfüllung von Minghettis goldenen Träumen aussprach, sagte er doch mit 116 gegen 5 Stimmen am 10. März Ja!, worauf dann am 11. März das Gesetz über die Anleihe mit dem Erläuterungsdecret, welches ganz so wie das über die frühere Anleihe abgefasst war, verkündet wurde.

Unterdessen zeigten die Blätter auch schon an, wie die Anleihe auf Rothschild direct und in Commission, auf die Nationalbank und auf die öffentliche Subscription vertheilt war. Der Emissionspreis war 71 und Italien contrahirte eine Schuld von 1000 Millionen zu 5 Procent verzinslich, also im Ganzen mit 50 Millionen jährlich, um 700 Millionen Francs zu bekommen. Zinsfuss $7^1/_7$! Und da zieht man beständig über die kleinen Wucherer los!

Am 3. April wurden die Bestimmungen über die nothwendig gewordenen Reductionen der Zeichnungen bekannt gemacht.

Discussion des Budgets für 1863.

Am 28. Januar, wie bereits von uns bemerkt worden ist, ward endlich die Discussion über das erste regelmässig festzustellende Budget des Königreichs Italien begonnen.

Das Budget für 1863 stellte sich nach den Vorlagen folgendermassen heraus:

Ausgaben.

Ministerium der Finanzen . . .	351,983,090.$_{80}$
Juztizministerium	30,801,264.$_{18}$
Auswärtiges	3,388,128.$_{88}$
Oeffentlicher Unterricht	15,503,720.$_{03}$
Inneres	63,193,598.$_{92}$
Oeffentliche Arbeiten	107,174,875.$_{32}$
Krieg	259,508,090.$_{00}$
Marine	95,974,795.$_{22}$
Ackerbau und Handel	7,859,853.$_{04}$
Summa . .	935,387,425.$_{39}$

Einnahmen.

Generaldirection der Zölle . . .	194,525,379.$_{67}$
Directe Steuern	130,446,241.$_{98}$
Domänen und Taxen	209.881,744.$_{66}$
Eisenbahnen	27,168,000.$_{00}$
Telegraphen	2,500,000.$_{00}$
Posten	14,560,000.$_{00}$
Justizministerium	3,441,600.$_{00}$
Ministerium des Auswärtigen . .	360,000.$_{00}$
Ministerium des Innern	1,802,200.$_{00}$
Ministerium des Unterrichts . . .	985,151.$_{24}$
Ackerbau und Handel	422,000.$_{00}$
Generaldirection des Schatzes . .	28,719,334.$_{58}$
Summa . .	614,811,652.$_{13}$

Wenn ein Land bereits feste Verwaltungsformen hat, über welche das Volk seiner grossen Masse nach einverstanden ist, so kann es sich bei der Budgetberathung nur darum handeln, den Ministern und allen Behörden aufzupassen, dass sie sich auch an die allgemein anerkannten und gesetzlich festgestellten Verwaltungsformen halten, und sich keine willkürlichen Abweichungen von denselben zum Schaden des Nationalwohlstandes erlauben. Auch in diesem Falle wird das Beste von den Commissionen zu thun sein, welche ferne dem Treiben und Lärm der Kammer, mit allen Materialien wohl versehen, jeden Artikel genau prüfen, und nun kurz zusammenfassend dem Parlament einen Bericht erstatten, der zur Norm dienen kann. Die Mitglieder des Parlamentes in dessen voller Versammlung können dann immer, wenn sie z. B. besonders angesehene Sachverständige sind, Irrthümer aufdecken, welche von der Commission begangen sind, aber wenn die Commission den Bedürfnissen gemäss zusammengesetzt wurde, wird selbst dieses selten vorkommen.

Wenn dagegen ein Land, wie Italien, noch in voller Gährung, nicht zu festen Verwaltungsformen gediehen ist, wenn noch eine Menge Gesetze nothwendig sind, um auszugleichen und feste Normen in allen Zweigen der Verwaltung zu schaffen, um durch die Verhältnisse erzeugte, und vorläufig von ihnen gewissermassen geheiligte Missbräuche zu beseitigen, so kann es bei einer Budgetdiscussion nicht fehlen, dass bei jeder und den verschiedensten Gelegenheiten Principienfragen auftauchen, deren weitläufige Verhandlung, nachdem die vorberathende Commission einmal ihre Arbeit gethan hat, um so weniger etwas helfen kann, als man doch nun schwerlich so beiläufig Gesetze machen wird, nach denen man sich so lange vergebens gesehnt, und über die man noch nicht hat einig werden können, da sie doch als Hauptgegenstand der Berathung vorlagen.

Gezwungen, viele Missbräuche und ihre budgetirten Folgen so lange hinzunehmen, als nicht gesetzliche Normen jene abgeschafft haben, werden doch die Deputirten, denen es um das Wohl des Landes wahrhaft zu thun ist, stets die Veranlassung fühlen, dagegen zu protestiren, als ob sie mit der Zulassung dieses oder jenes Budgetartikels auch die Missbräuche heiligen wollten, aus denen er in dieser oder jener Summe hervorgegangen ist.

Diese Schwierigkeiten, welche sich dem italienischen Parlamente aufdrängten, wurden auch in diesem nicht übersehen; sogleich in der ersten Sitzung machte Lafarina auf sie aufmerksam, und stellte die von uns angedeuteten Vorbehalte auf. Indessen ging man vorerst schnell darüber hinweg und machte sich sofort an die Berathung des Ausgabebudgets des Ministeriums für Handel und Ackerbau, welches erst am 6. Februar abgeschlossen ward. Es kam darauf das Ausgabebudget der öffentlichen Arbeiten an die Reihe, dessen Berathung gar bis zum 6. März dauerte. Allerdings war die Berathung des Anleihegesetzes, es waren einige andere Dinge dazwischen getreten; indessen, in welcher Zeit wollte man denn eigentlich mit der Budgetberathung zu Ende kommen?

Valerio schlug daher bald nach dem Beginn

der Discussion vor, die Kammer solle das Budget
im Ganzen, jedoch unter Absetzung einer runden
Summe von 100 Millionen, die schon in diesem Jahr
durch Ersparnisse und Vermehrungen des Steuer-
ertrags nach den Mittheilungen Minghettis herauszu-
bringen sein müsse, zu votiren. Dieser Vorschlag
ward am 6. März entwickelt, aber verworfen; dagegen beschloss die Kammer, einen andern Vorschlag
von Torrigiani: „die Kammer solle sich nur mit
denjenigen Puncten des Budgets befassen, in welchen
die Ansichten und Vorlagen des Ministeriums einerseits, der Kammercommission andererseits von einander abwichen“, in Erwägung zu ziehen.

Die interessantesten Dinge, welche bei der Berathung der zwei bisher erwähnten Budgets zur
Sprache kamen, waren erstens die Domänenver-
waltung, in welcher eine eben solche unnütze,
vielfach durch Nepotismus herbeigeführte Verschwendung herrschte, als in den übrigen Verwaltungen,
dann die Mittheilungen, welche Menabréa über den
Stand der Arbeiten des grossen Montcenistunnels
von Modane nach Bardonnêche machte. Dieser
Tunnel erhält eine Länge von 12,220 Metres (40,733
Schweizerfuss oder $1^2/_3$ deutsche Meilen). Die
Schwierigkeiten, welche sich bei der Anwendung
der gewöhnlichen Minirwerkzeuge und betreffs der
Herbeischaffung von Luft an die Arbeitsstellen fanden, waren durch Erfindungen beseitigt und die
grossen Vorbereitungsbauten, welche die Anwendung
der neuen Methode nöthig machte, waren vollendet.

Von Bardonnêche aus waren am 1. Januar 1863
1274 Metres ausgeführt, von Modane her 925, im
Ganzen 2199 Metres. Von jetzt ab hoffe man im
Jahre mindestens 800 Metres Gallerie auszuführen;
es würden also noch 12½ Jahre nothwendig sein,
um den Tunnel zu vollenden, während in dem Ver-
trage mit Frankreich vom 7. Mai 1862 25 Jahre
auf die Vollendung gerechnet seien. Somit gewinne
Italien 12½ Jahre. Frankreich habe übernommen,
die Bezahlung der halben Gallerielänge zu dem Satze
von 3000 Francs auf den Meter, mit im Ganzen 19
Millionen. Der Vertrag bestimme ferner, dass wenn
die Arbeiten in weniger als 25 Jahren vom 1.
Januar 1862 ab vollendet würden, Frankreich für
jedes ersparte Jahr 500,000 Francs an Italien be-
zahle, und wenn die Arbeiten in weniger als
fünfzehn Jahren vollendet wären, dieser Betrag
für jedes an fünfzehn ersparte Jahr auf 600,000
Francs erhöht werde.

Mit der voraussichtlichen Zeitersparniss, den Prä-
mien, den von Italien einzucassirenden Zinsen, wird
nun der Antheil Frankreichs statt auf 19 Millionen
auf 31,700,000 Francs kommen. Ausserdem zahlt
die Gesellschaft der Victor-Emanuelbahn an
Italien 13 Millionen Beitrag, so dass letzteres auf
eine Unterstützung aus fremden Mitteln im Betrag
von 44 Millionen Francs rechnen kann. Und da der
Voranschlag für den ganzen Bau auf 65 Millionen
gestellt ist, würde Italien aus seinen Mitteln nur 20
Millionen zu zahlen haben. Der Voranschlag begreift in sich aber zugleich den Bau der Eisenbahn

von Susa nach Bardonnêche, so dass der Antheil Italiens an dem eigentlichen Tunnelbau
sich gar auf 6 Millionen Francs' reduciren würde.

Abgesehen von diesen beiden Gegenständen,
musste begreiflicher Weise die Budgetdiscussion im
Allgemeinen etwas langweilig sein, und dies trug
wohl nicht wenig dazu bei, dass die Sitzungen,
namentlich um die Mitte Februar, äusserst spär-
lich besucht waren; manche Deputirte, insbesondere
aus Süditalien und der Linken angehörig, waren
auch ganz zu Hause geblieben, weil sie in ihren
Provinzen mehr zu wirken gedachten, als wenn sie
in Turin die Minorität bei den Abstimmungen auf
wenige Stimmen mehr brächten. Kurz, die Kammer
war um die Mitte Februar öfters nicht beschluss-
fähig, obgleich doch nur die Anwesenheit der Hälfte
der Deputirten, mehr einen, nothwendig ist, um die
Beschlussfähigkeit herzustellen, und obgleich man
auch dabei noch sehr lax verfuhr, indem man beispielsweise die mit Urlaub abwesenden Deputirten als anwesende zählte. Jetzt waren aber die
Dinge so toll, dass auch dies nichts mehr half. Es
waren statt 222 oft kaum hundert Deputirte vorhanden, und der Kammerpräsident sah sich zu wiederholten Mahnungen, sowie zur Veröffentlichung der
Namen der Abwesenden im officiellen Blatt veranlasst.

Auf das Budget der öffentlichen Arbeiten folgte
vom 7. März ab dasjenige des Unterrichts-
ministeriums.

Am 16. und 17. März beschäftigte sich die Kammer

mit dem Vorschlage Torrigianis und beschloss auf
Antrag der Commission, dass nur diejenigen Budgetartikel in der Kammer behandelt werden sollten,
über welche Regierung und Commission verschiedener
Ansicht seien; dass hiedurch die allgemeine Discussion über das Budget jedes Ministeriums nicht
ausgeschlossen werde, dass die Amendements, welche
von der Budgetcommission verworfen seien, in der
allgemeinen Discussion nicht mehr zur Sprache gebracht
werden dürfen.

Mit dem Streit über diese formellen Sachen war
wieder eine kostbare Zeit verloren, in welcher das
Budget wohl ein Stück hätte weitergebracht werden
können.

Mit dem 18. März gelangte die Kammer zur Behandlung des Einnahme-Budgets, wobei sich wieder Einiges von allgemeinerem Interesse ereignete.
Musolino entwickelte und vertheidigte seinen Plan
einer einzigen, allgemeinen, directen und gerechten
— also progressiven — Steuer auf das Ein-
kommen. Nisco unterwarf seiner Critik den Bericht, welchen Herr de l'Isle, früher französischer
Gesandter in Portugal, jetzt mit einer geheimen
Mission in Italien, an Fould für Napoleon III. über
die Finanzen Italiens gerichtet hatte, in welchem
diese Finanzen nicht zum besten davonkamen. Ca-
pone benutzte die Entwicklung eines Antrages,
welchen er gestellt hatte, dass die Domanialgüter in
Neapel vermiethet würden, insbesondere zu einem
heftigen Angriff auf Lamarmora, um zu fordern,
dass dieser aus dem ihm als Wohnung überlassenen

Palaste hinausgeworfen werde. **Mureddu** von der Insel Sardinien, beschwerte sich mit grossem Recht über die abscheuliche Qualität der Monopolcigarren, die der Italiener zu rauchen verpflichtet ist.

Da an eine Beendigung der Budgetberathung bis Ende März nicht zu denken war, so bewilligte die Kammer am 23. März wiederum **provisorisch das Budget für den Monat April.** Am 28. März nahm sie dann das **Budget des Ministeriums der auswärtigen Angelegenheiten** vor, und nach den Osterferien am 10. April das Budget des **Ministeriums des Innern,** welches erst am 17. April abgeschlossen ward. Die Dotationen der Theater, die ungeheuern **Repräsentationsgelder** für die meist unbrauchbaren Präfecten, wahre Paschas in den Provinzen, die Gefängnisse und die öffentliche Sicherheit waren die Hauptpuncte, welche die Kammer bei Besprechung dieses Budgets beschäftigten.

Bei der Discussion des **Budgets des Justizministers** am 18. April ward die **Brigandage** von **Ricciardi** und **Miceli** hineingezogen und schwere Anklagen gegen das System des Füsilirens, welches von einigen Militärs geübt wurde, insbesondere auch gegen den von uns schon erwähnten Major **Fumel** wurden erhoben. Weiterhin kam hier das **Verhältniss der Geistlichen zur Staatsgewalt** oder der Kirche zum Staate, zur Sprache, bei welcher Gelegenheit der Pater **Passaglia**, der über dieses Verhältniss ein sehr breites Gesetz ausgearbeitet hatte, eine noch viel breitere Rede hielt.

Die Budgetberathung konnte auch mit dem April

noch nicht ihr Ende erreichen und es ward daher am 27. noch einmal das provisorische Budget für den Monat Mai bewilligt.

Vom 8. Mai ab kam das Marinebudget, vom 12. ab dasjenige des Finanzministers und am 14. und 15. Mai das Kriegsbudget zur Berathung.

Damit hatte die Kammer die Budgetberathung beendet. Da aber der Senat noch nicht so weit war, bewilligte sie vorsorglich schon am 13. Mai dem Ministerium das provisorische Budget für den Monat Juni; die allgemeine Abstimmung über das Budget für 1863 ward auf die Session von 1863 verschoben; so dass wir erst in der weiteren Fortsetzung dieser Blätter den vollständigen Abschluss der Angelegenheit des Budgets für 1863 berichten können.

VI.

Die Krankheit Farinis. Der Eintritt des Ministeriums Minghetti. Uebersicht der minder wichtigen Parlamentsverhandlungen aus dem Ende des Jahres 1862 und Anfang des Jahres 1863.

Das Ministerium Minghetti. Dotation für Farini.

Um die Mitte März hatte sich die geistige und körperliche Krankheit Farinis dermassen entwickelt,

dass es unmöglich war, ihn auch nur als Ministerpräsidenten figuriren zu lassen. Er musste sich
nothwendig in das Privatleben zurückziehen. Der
König ernannte nun Marco Minghetti zum Ministerpräsidenten, und dieser zeigte am 24. März den
beiden Kammern seine Ernennung und die Constituirung seines Ministeriums an. Minghetti
blieb Finanzminister, ein neues Programm war nicht
nöthig, da er ohnedies von Anbeginn der eigentliche
Präsident des Ministeriums gewesen war. Gleichzeitig mit Farini schied der Graf Pasolini aus
dem Ministerium aus, welcher unter Farini eigentlich
nur mit Widerstreben, und um die Constituirung des
Ministeriums Farini zu erleichtern, das Portefeuille
der auswärtigen Angelegenheiten übernommen
hatte. Da überhaupt jetzt, wie wir bald weiter sehen
werden, von auswärtigen Angelegenheiten für Italien
wenig die Rede sein konnte, — weil noch auf lange
hinaus auswärtige Angelegenheiten für Italien sich
nur auf revolutionärem Wege entscheiden können,
— so trat jetzt Pasolini ruhig auf seinen ruhigen
Posten als Präfect der Provinz Turin zurück,
und zu seinem Nachfolger als Minister der auswärtigen Angelegenheiten ward sein bisheriger Generalsecretär, Emilio Visconti-Venosta ernannt, ein
unbedeutender Mann, von dem man wenig wusste,
der unmöglich mit grossem, entgegenkommendem
Vertrauen empfangen werden konnte, den man eben
unter den herrschenden Umständen gleichgültig, also
ohne Widerstand hinnahm.

Eine andere Aenderung im Ministerium folgte auf

dem Fusse. Am 22. April zeigte Minghetti der
Kammer an, dass di Negro seine Entlassung als
Marineminister gegeben, der König dieselbe angenommen und an di Negros Stelle den General Cugia
ernannt habe. Di Negro wollte nichts von der parlamentarischen Untersuchungs - Commission für die
Marineangelegenheiten wissen, welche alle Welt in
Italien für eine ausserordentlich nothwendige Sache
erklärte.

Während Minghetti sammt seinen Genossen die
Last der Staatsgeschäfte schwer auf seinen Schultern
fühlte, war Urban Rattazzi äusserst vergnügt.

Für seinen geistes- und körperkranken directen
Nachfolger Farini bewilligte die Deputirtenkammer,
da er ohne Vermögen war, am 16. April ein ein-
maliges Nationalgeschenk von 200,000 Francs, dann
eine lebenslängliche, jährliche Pension von 25,000
Francs, wovon nach seinem Tode 4000 Francs an
seine Mutter und 4000 Francs an seine Frau übergehen sollten.

Vermählung Rattazzis. Tod Ruggiero Settimos.

Urban Rattazzi aber, dem man immer ein
liebevolles Herz zugeschrieben, dem man sogar vor-
geworfen, dass er sich in seiner Jugend unverhältnissmässig viel mit dem Studium der vierten Seite
der Journale habe beschäftigen müssen, belohnte sich
selbst. Am 31. Januar vermählte er sich zu Turin
mit der Prinzessin Maria Solms-Bonaparte-
Wyse, welche einst in den Cirkeln des Elysée
während der Präsidentschaft eine bedeutende Rolle

gespielt hatte, dann aber von ihrem, Kaiser und
moralisch gewordenen, hohen Anverwandten proscri-
birt worden war. Mit dieser Dame hatte sich Rattazzi zufrieden und vergnügt schon unmittelbar nach
seinem ministeriellen Falle an die Ufer der ober-
italischen Seen zurückgezogen, ungerechter Weise
von missgünstigen Zeitungen bis in seine Schäfer-
stunden hinein verfolgt. Er aber, als geriebener
Weltweiser, bekümmerte sich nun um die Politik
nicht anders, als um von der Liebe auszuruhen und
irgend einen raffinirten Artikel gegen seine Nachfolger in die ihm anhängenden Zeitungen zu schreiben. Die Dame lebte allerdings von ihrem Gemahl
getrennt, aber dieser letztere war noch nicht in den
Orkus, in welchen sie ihn wünschte, hinabgestiegen,
als sie sich mit ihrem Urban an die Ufer des Lago
di Como und Lago maggiore zurückzog. Auch sie
schrieb, um von der Liebe auszuruhen, aber nicht
Zeitungsartikel, sondern Romane. Urban Rattazzi
ward vom Glücke in der Liebe ausserordentlich begünstigt; anfangs Januar 1863 starb der Gemahl
seiner Erwählten und es hinderte ihn nun nichts
mehr, das Band, welches er mit ihr längst geknüpft,
auch vor der Welt heiligen zu lassen. Am 31.
Januar trat er auch äusserlich in die Familie Bona-
parte-Türr ein, welcher er „moralisch" längst ange-
hörte, und man konnte die Photographie, welche die
beiden Gatten in zärtlichster Stellung vorführte, alsbald an den Schaufenstern aller Kunstläden Italiens
bewundern. Wie mancher seiner Nachfolger im Amte
mochte jetzt den arcadischen Cincinnatus beneiden!

Wir haben von mindestens geistigem Tod, von
daran geknüpftem Ministerwechsel, von tröstender
Hochzeit geredet, könnten sehr leicht auch von Kind-
taufen reden, z. B. von derjenigen Stephans III.
von Ungarn, so dass alle Familiennachrichten bei
einander sind. Auch an wirklichem, leiblichem
Tode fehlte es nicht in dieser Zeit. Es starb am 2.
Mai auf Malta Ruggiero Settimo, Prinz von
Fitalia. Die Familie der Settimo hatte das Privilegium, dem Könige von Sicilien bei der Krönungs-
feier die Krone darzureichen; sie nahm 1713 entschieden für das Haus Savoyen Partei, als Victor
Amedeus II. auf den Thron Siciliens berufen ward.
Ruggiero, geboren am 19. Mai 1778, trat früh in
die neapolitanische Marine und machte seine Schule
unter dem berühmten Caracciolo, dem Nebenbuhler
Nelsons in der Kunst der Flottenführung. Im
Jahre 1793 war er mit der englischen Flotte bei
der Vertheidigung von Toulon. Im Jahre 1808
führte er die Verhandlungen über die Vermählung
des Herzogs Carl Felix von Aosta aus dem Hause
Savoyen mit Maria Christine von Bourbon.
Als Sicilien 1812 seine Constitution erhielt, ward
er Marineminister; in der Revolution von 1820 war
er Mitglied der provisorischen Regierung;
damals bot ihm der König von Neapel die General-
Statthalterschaft Siciliens an, welche Settimo
ausschlug. Im Jahre 1848 trat er mit dem Ausbruch
der Revolution an die Spitze der provisorischen
Regierung; Ferdinand der II. ernannte ihn zum
Vicekönig von Sicilien, der Meinung, dadurch

die Insel ohne Weiteres wieder für sich zu gewinnen;
aber Settimo lehnte auch diese Ernennung ab, er
proclamirte am 13. April das Aufhören der Bourbonenherrschaft, und am 10. Juli die Berufung zum Throne
des damaligen Herzogs von Genua aus dem
Hause Savoyen, an dessen Statt er nun die constitutionelle Regierung der Insel führte. Nach dem
unglücklichen Ende der sicilianischen Revolution im
Jahre 1849 suchte Ruggiero Settimo auf Malta
ein Asyl, unter dem Schutze Englands. Er verliess
Malta nicht mehr, wirkte aber durch die Autorität
seines Rathes mächtig mit zu den Ereignissen von
1860, und zu dem Anschluss Siciliens an das
Königreich Italien. Der König Victor Emanuel ernannte ihn zum Präsidenten des Reichs-
senates, zum Ritter des Annunziatenordens,
und bot ihm ein Kriegsschiff an, welches ihn nach
seiner Wahl nach Palermo oder Genua führen
sollte. Er machte von diesem Anerbieten keinen
Gebrauch, seine sterbliche Hülle aber ward nach
Palermo gebracht, um dort beigesetzt zu werden.

Kammerverhandlungen. Gesetz über juridische Competenz-
Conflicte u. s. w.

Wir wollen nun dieses Capitel noch benutzen,
eine Uebersicht zu geben über die minder wichtigen
Parlamentsverhandlungen aus der Zeit des Ministeriums Farini, dann des Ministeriums Minghetti
bis zum Schluss der Session 1861/62, Verhandlungen, von denen wir früher zu reden keine Veranlassung

'hatten, und auf welche uns auch die folgenden Capitel nicht zurückbringen würden.

Am 19. November, also noch unter R a t t a z z i s
Regiment, begann die Kammer die Berathung eines
Gesetzes über C o m p e t e n z c o n f l i c t e in der J u r i s -
d i c;t i o n, zu dessen Vorlage unmittelbar die Ver-
legenheiten geführt hatten, in welche Rattazzi kam,
als er einen Gerichtshof suchte, um G a r i b a l d i und
die Seinen verurtheilen zu lassen. Das Gesetz sollte
das Finden eines solchen Gerichtshofes für k ü n f t i g e
Fälle erleichtern, war also eines dieser Gelegenheits-
gesetze, bei denen noch nie etwas Gutes herausge-
kommen ist, und musste desshalb nothwendig grosse
Anfechtung erleiden. Die Kammer beschloss, die
Berathung erst nach der Interpellation Buoncompagni
wieder aufzunehmen, deren Folge, wie wir wissen,
die Entlassung des Ministeriums Rattazzi war.

Das Ministerium F a r i n i zog das Gesetz n i c h t
zurück, nahm aber die Amendements der Commission
an. Immerhin blieb das Wesentliche im Gesetz dieses,
dass es einem k ö n i g l i c h e n D e c r e t überliess, den
hohen Gerichtshof zu bestimmen, welcher einen eintretenden Competenzconflict zwischen zwei Gerichten
entscheiden sollte. Die Opposition setzte nur durch,
dass das Gesetz ausdrücklich für ein p r o v i s o r i s c h e s
erklärt wurde; im Uebrigen ward es am 13. Decem-
ber mit grosser Majorität angenommen.

Im e h e m a l i g e n K ö n i g r e i c h b e i d e r S i c i l i e n
herrschte der Missbrauch, dass O f f i c i e r e und
M i l i t ä r b e a m t e, welche ohne ihr Ansuchen pensionirt
wurden, ausser ihrer Pension noch einen z w e i -

jährigen vollen Gehalt zu ihrer Civileinrichtung
erhielten. Nun hatte die Regierung von Turin den
grössten Theil der Officiere des ehemaligen neapolitanischen Heeres, wenn sie auch ihre Unterwerfung
unter das neue Regiment erklärt hatten, doch als
unbrauchbar pensionirt und zwar nach den für Neapel
gültigen Sätzen, aber nicht den doppelten Jahresgehalt gezahlt. Diese Leute trieben sich nun in
möglichst schäbigem Aufzuge auf den Strassen herum
und schrieen überall aus, sie hätten kein Geld, um
sich anständige Kleider anzuschaffen, so dass sogar
Lamarmora davon sehr unangenehm berührt ward.
Es wurde daher ein Gesetz eingebracht, wonach ihnen
der doppelte Jahresgehalt noch ausgezahlt werden
sollte, und dies Gesetz ward von der Kammer am
18. December gutgeheissen, obwohl sich allerdings
Widerstand dagegen, selbst im Schooss der Commission erhoben hatte, wo geltend gemacht wurde,
dass auf solche Weise diejenigen, welche gegen die
neue Ordnung der Dinge gekämpft hätten, besser
davon kämen als diejenigen, welche für sie gestritten.

Am 18. December erkannte die Kammer auch das
bisher nur durch königliches Decret eingeführte
Douanenreglement, welches allerdings dem öffentlichen Verkehr sehr nachtheilige Bestimmungen enthielt, provisorisch als Gesetz an.

Am 24. Februar interpellirte Mandoj-Albanese
den Minister des Innern über die neuerdings häufig
vorkommenden Entweichungen von Gefangenen
aus den süditalienischen Gefängnissen. Peruzzi
behielt sich Erläuterungen vor, da er aber im Vorbei-

gehen bemerkte, dass in einzelnen Fällen bereits durch Entfernung ungetreuer A uf s e h e r Abhülfe geschafft sei, gab er ohne seinen Willen Anlass zu einem hefti- gen Zank, indem Nic ó t e r a bemerkte, die Absetzung von Aufsehern werde nichts helfen, man müsse weiter hinaufgehen, und indem er dabei Spa- ven ta, der eben abwesend war, als Protector eines eingesperrten Mörders bezeichnete.

Schon im Jahre 1862 hatte die Majorität der Kammer gefunden, dass deren Geschäftsreglement einiger Aenderungen bedürftig sein möchte, es war daher eine Commission erwählt worden, welche auch einen Entwurf für ein neues Geschäftsreglement aufge- stellt hatte. Im Jahre 1863 waren es nun namentlich die vielen Absenzen von Deputirten, welche den Mangel eines neuen Geschäftsreglements fühlbar machten, und schon am 31. Januar schlug S e l l a vor, die Kammer möge den von ihrer Commission bearbeiteten Entwurf provisorisch en bloc annehmen. Am 1. März kam dieser Vorschlag zur Berathung, und trotz eines äusserst heftigen Widerstandes der Linken, insbesondere C r i s p i s, ward er am 2. März gutgeheissen. C r i s p i hatte schon am 31. Januar zur Sprache gebracht, dass das Ausbleiben so vieler Deputirten zum Theil darin seinen Grund habe, dass sie für die Repräsentation k e i n e E n t s c h ä d i g u n g empfingen und Niemand wird läugnen können, dass diese Beschränkung des passiven Wahlrechtes einen entschieden nachtheiligen Einfluss äussern muss.

Am 17. und 18. März wurden mehrere Ausgabe-

posten für die Beschaffung von neuem Artil-
leriematerial bewilligt.

Emigrantengesetz.

Am 25. März gelangte zur Verhandlung das Gesetz Cairoli über die Naturalisation im Königreich Italien derjenigen Italiener, welche aus
den noch fremder Herrschaft unterworfenen
italienischen Provinzen stammten. In der
Fassung Cairolis hatte das Gesetz wirklich eine zu
theoretische Gestalt; es sagte nichts anderes als:
ein Italiener ist ein Italiener. Damit konnte aber
weder der Regierung des Staats: Königreich Italien,
noch auch, bei Lichte besehen, den Emigranten
gedient sein. Um den Staat gegen Schwindler zu
schützen, um das Recht der einzelnen Emigranten
als Bürger des Königreichs in verwaltungsmässigen
Normen festzustellen, hatte die Commission das Gesetz präcisirt. Die neue Fassung ward von verschiedenen Deputirten der Linken, wie uns scheint,
mit grossem Unrecht angegriffen. Es kam bei der
dreitägigen Berathung noch zur Sprache, dass, sobald die Emigranten zu Bürgern Italiens erklärt seien,
auch die ihnen bisher gezahlte Emigrantenunter-
stützung, auf welche für 7000 Menschen jetzt jährlich 3 Millionen Francs aus Staatsmitteln gewährt
würden, zurückgezogen werden müsse, — was sicherlich auch vollständig in der Ordnung gewesen wäre.
Cairoli zog am 26. März sein Gesetz zurück, da
er nicht seinen Namen zu einem Gesetz hergeben
möge, welches ganz anders herauskomme, als er bei

seinem Vorschlage es sich gedacht habe. Die Commission wollte nun ihren Vorschlag einbringen; zog ihn indessen auf mancherlei Vorstellungen gleichfalls zurück, so dass zwei Tage ganz und gar unnütz von einem Gesetze gehandelt worden war, von welchem man so lange vorher schon gesprochen hatte.

Bei dieser Gelegenheit brachte Laurenti-Robaudi auch die Verhältnisse einer Anzahl junger Savoyarden und Nizzaner zur Sprache, deren Eltern sich bei der Abtretung Savoyens und Nizzas dahin erklärt hatten, dass sie italienische Bürger sein wollten, welche geglaubt hatten, dass die Erklärung der Eltern für sie, die damals noch minderjährigen, auch gelte, in die italienische Armee eingetreten waren, und nun von Frankreich als Deserteurs verfolgt wurden. Peruzzi konnte darüber bald befriedigende Aufklärungen geben. Man hatte sich von italienischer Seite mit Frankreich dahin verständigt, dass die jungen Leute, welche sich in solchem Falle befanden, beim Eintritt ihrer Volljährigkeit ihre eigene Erklärung darüber abgeben sollten, ob sie Bürger Frankreichs oder Italiens sein wollten.

Sicilianische Zustände. Interpellation La Portas.

Sicilien befand sich in einer beständigen Aufregung, von welcher man wohl eher sagen konnte, dass sie im Steigen, als dass sie im Abnehmen begriffen sei. Monale machte sich durch eine launenhafte, brutale Willkürherrschaft schnell so verhasst, dass er abberufen und durch Cossilla, welcher am

6. Februar in Palermo eintraf, als Präfect dieser Provinz ersetzt werden musste. Die höchsten Polizeibeamten, unter ihnen auch der General Serpi, Commandant der Carabinieri auf der Insel, waren verachtet, weil sie Unfähigkeit mit Brutalität nach allgemeinem Urtheil in hohem Masse vereinigten. Ein unvernünftiges Verfolgungssystem richtete sich gegen die Democratie, gegen die democratische Gesellschaft namentlich, welche an der Scheide der Jahre 1862 und 1863 unter der Leitung von Friscia und de Vincenzo eine Wiederbelebung der italienischen Befreiungsgesellschaft, der verpönten, unter anderm Namen versuchte. Dagegen blieben die wirklichen Uebelthäter unverletzt; die Polizei war stets auf der falschen Spur. Hauptsitze der bourbonistichen Reaction waren die Gegenden von Girgenti im Süden und Castellamare im Norden. Hier hauseten bourbonistische Banden, welche die Brigandage im grossen Massstabe trieben, förmlich Zölle und Steuern erhoben und durch bourbonistische Proclamen zu verschiedenen Zeiten ermuthigt wurden. Aber auch von anderen Seiten her fehlte der Widerstand gegen die Regierungsgewalt nicht, welcher speciell undefinirbar, aus der allgemeinen Unzufriedenheit mit dem Gouvernement hervorgeht.

Die Aushebung ging in diesem Jahre keineswegs so gut von Statten, als es im Winter von 1861 auf 1862 wirklich der Fall gewesen war. Viele Refractairs verliessen die Gemeinden, in denen sie der Gefahr ausgesetzt waren, von den königlichen

Carabinieri sofort aufgefangen zu werden und flüchteten, wohlbewaffnet, aufs Land, in die Gebirge.
Eine Masse von Carabinieren ward auf ihre Spur
gesendet; traf auch bisweilen auf einen der Refractairs,
musste aber stets darauf gefasst sein, dass derselbe
von der Landbevölkerung sehr entschieden unterstützt
werde, wenn sie ihn fanden und angriffen. Im Winter
1861 auf 62 hatte die ganze liberale Partei bis
zu den äussersten Radicalen hin für den guten Fort-
gang der Aushebung gearbeitet. Das war aber jetzt
durchaus nicht der Fall. Die Radicalen waren durch
allzu Vieles verletzt; ja die Auflösung der Vereine,
durch welche sie zu wirken gewohnt waren, er-
schwerte ihnen jetzt selbst eine Thätigkeit zu
Gunsten der Regierung. Die blassen Liberalen
sogar aber konnten das Auftreten der Turiner Regierung, das sogenannte „energische" gegen Garibaldi,
nicht verdauen; sie sprachen es offen aus: wenn
Turin blos eine Armee brauche gegen diejenigen,
welche Italien machen wollten, nicht gegen Italiens
äussere und innere Feinde, so sähen sie nicht ein,
was eigentlich die Conscription zu bedeuten habe.
Sie sei dann blos eine Last mehr für Sicilien,
nichts weiter. Und die Bourbonisten griffen das
Wort auf und sagten der Landbevölkerung, das jetzige
Italien könne keine Dauer haben, bald werde die
Herrschaft der bourbonischen Könige wiederkehren,
sie würden das Land von der Geisel der Conscription befreien und darum müsse man ihre Rückkehr mit allen Mitteln beschleunigen.
Die unreinlichen Elemente, welche sich im

Sommer 1862 Garibaldi angeschlossen hatten, welche
theils in Sicilien geblieben, theils nach Sicilien
zurückgekehrt waren, schlossen sich selbstver-
ständlich den Banden der Refractairs und Briganden
an; aber es thaten dies schon von Anfang an auch viele
der reinlichen Elemente aus Nothwendigkeit, weil
auf sie, auf sie gerade Jagd gemacht wurde, wie
auf wilde Thiere.

Minghettis Siebenmillionenanleihe war in
keinem Theil Italiens mit besonderem Enthusiasmus
begrüsst worden, überall hatte man höchstens ihre
Unvermeidlichkeit anerkannt. In Sicilien erregte
sie den entschiedensten Widerwillen, weil die Insel
noch gar nichts von der Hebung ihres Wohlstandes
unter dem neuen Regimente sah, theils mit, theils
ohne Schuld dieses neuen Regimentes, sondern an
allen den drei Ecken, nach denen das trinakrische
Wappen sie blicken hiess, nur neue Steuern und
andere Lasten. Pisanellis Rescript vom 21. Februar
über die Vergabung geistlicher Beneficien, über welche
die Krone des Königreichs verfügte, in Sicilien, sehr
vernünftig im Allgemeinen, darauf berechnet, der
reactionären Geistlichkeit einen Theil ihrer Macht zu
nehmen, ward von Clerus und Bourbonisten benutzt, um das niedere Volk gegen die Regierung von
Turin aufzuhetzen; sehr mit Unrecht, — aber es
war so.

Der Sicilianer ist Südländer im prägnantesten
Sinne des Wortes, und als solcher zu Uebertreibungen
aller Art geneigt, besonders aber zur Uebertreibung
irgend welcher Gefahr. Aus zwei Briganden wird

ein Armeecorps, aus zwanzig ein Heer. Zwölf Dolch-
stiche in Palermo verbreiten dieselbe Unruhe dort,
als zwölfhundert in einer kühlern, ebenso grossen
Stadt Europas. Der übertriebenen Phantasie ersteht
ein Gegengewicht aus der Kühle des Nordländers,
seiner grösseren Gleichgültigkeit, die ihn besser be-
fähigt, die Dinge — auch wirkliche Gefahren —
auf ihr richtiges Mass zurückzuführen. Aber die
Turiner Regierung war besonders unglücklich in der
Wahl ihrer Beamten für Sicilien. Diese wussten
der phantastischen Uebertreibung der Sicilianer nichts
anderes entgegen zu setzen, als eine Uebertreibung
anderer Art, die des Pedantismus, einer halb
blödsinnig ernsten Auffassung. Diese Extreme
konnten sich nimmermehr ausgleichen.

Der Process der Erdolcher schien mehrere
Fäden an die Hand gegeben zu haben, welche ver-
dienten, weiter verfolgt zu werden. Die Gerichte
entwickelten plötzlich in der Nacht vom 12. auf den
13. März eine ganz ausserordentliche Thätigkeit in
Haussuchungen und Verhaftungen, vielleicht lediglich
deshalb sie, weil sie vermutheten, einer mazzini-
stischen Verschwörung auf die Spur gekommen zu
sein, auf welche natürlich von Anfang an inquirirt
worden war. Auf einen Turiner Beamten macht
der Name Mazzinis genau denselben Eindruck, als
ob man einem Stier ein rothes Tuch, sechs Fuss
ins Quadrat gross, vorhält.

Das meiste Aufsehen von den Ereignissen dieser
Nacht machte die Haussuchung bei dem Prinzen von
Sant'Elia, Senator des Königreichs, demselben,

welchen der König Victor Emanuel zu seinem Stell-
vertreter als apostolischer Legat ernannt hatte. Sant'
Elia wendete sich sogleich an den Senat, und die
Senatoren nahmen diese Behandlung eines Mitgliedes
ihres ehrenwerthen Körpers, zumal eines so hochge-
stellten, sehr übel auf, und es ward am 24. März
eine Commission bestellt, um zu untersuchen, ob
durch jene Haussuchung die Privilegien des Senats
verletzt seien. Die Commission berichtete am 17.
April, dass dies zwar nicht der Fall sei, da die Privilegien des Senators oder Deputirten nur seine
Person, nicht sein Haus beträfen, dass die Haussuchung erfolgt sei auf Grund der „Gefahr im Ver-
zuge", wenigstens nach der Meinung des Gerichtes,
dass die Commission aber, alles wohl betrachtet, eine
Tagesordnung vorschlüge, wodurch sie die Regierung
auffordere, sich alles Einschreitens gegen die Person
des Prinzen Sant' Elia zu enthalten, und dafür zu
sorgen, dass die Gerichte in ähnlichen Fällen sofort
dem Senat von ihrem etwaigen Einschreiten Nachricht gäben. Der Senat verschob die Berathung
über diese Angelegenheit auf eine spätere Zeit.

Am 3. April wurden die drei zum Tode verurtheilten Häupter der Erdolcher unter dem Zustrom
einer ungeheuern Menschenmasse, aber ohne dass
Ruhestörungen vorfielen, hingerichtet.

Aus andern Gründen kamen indessen um diese
Zeit in verschiedenen Städten Siciliens Ruhestörungen vor; Anlass zu ihnen gab hie und da
auch der theure Preis der Lebensmittel, in Messina
beispielsweise der Fische.

Am 17. April machte Laporta in der Deputirtenkammer die Zustände Siciliens im Allgemeinen, indem er eine Menge Details aufführte, zum Gegen-
stande einer Interpellation. Er erhielt von Peruzzi
die gewöhnliche Antwort: es sei nicht Alles, wie es
sein sollte, indessen werde auch gar sehr übertrieben. Es komme nicht selten vor, dass in Sicilien
plötzlich ein ungeheures Geschrei von dem oder jenem,
was vorgekommen sein solle, was drohen solle, gemacht werde, und wenn man dann die Dinge bei
Licht besehe, finde sich, dass weder irgend etwas
vorgefallen sei, noch irgend etwas drohe.

*Credite; die Demission des Deputirten Gallucci. Eisen-
bahn über die Schweizeralpen.*

Am 25., 27. und 28. April wurden eine Anzahl
Ausgaben für Brücken und andere Bauten bewilligt.
An dem letztgenannten Tage kam eine höchst sonderbare Sache zur Sprache. Der Kammerpräsident
hatte vor einiger Zeit aus Cosenza einen Brief
vom 11. April erhalten, in welchem der Deputirte
Gallucci wegen seiner ihn hindernden Privatgeschäfte
seine Demission eingab. Die Kammer bewilligte
diese Demission. Nun kam ein neuer Brief von
Gallucci, worin er sagte, dass er gar nicht daran
gedacht habe, seine Demission einzugeben, dass
er höchst erstaunt gewesen sei, davon im Kammer-
bericht zu lesen, dass der Brief vom 11. April nicht
von ihm herstamme. Die Kammer sah sich nach
einiger Discussion über die Echtheit des ersten oder
zweiten Briefes veranlasst, die Demission, welche sie

dem Deputirten Gallucci ertheilt hatte, zurückzunehmen.

Am 28. April brachte auch Susani durch eine Interpellation die höchst wichtige Frage eines Alpenüberganges mittelst Eisenbahn, zur directen Verbindung Italiens mit der Schweiz und durch diese mit Deutschland, zur Sprache. Er erinnerte an das, was früher in der Sache geschehen, wie die beiden Hauptlinien, um welche man streite, diejenige von Mailand über Como, Lugano, Bellinzona, den Tessin aufwärts über den Gotthardt ins Reussthal und die andere, diejenige über Bellinzona, den Lukmanier, ins obere Reussthal, über Chur an den Bodensee seien, er fragte Menabréa über den jetzigen Stand der Dinge. — Menabréa konnte darauf nicht viel anderes antworten, als dass die italienische Regierung die Frage nicht allein entscheiden könne, ihre Lösung nicht allein in der Hand habe, dass hier die Schweiz ein Wort mitzureden habe, und dass man noch abwarten müsse, wie diese sich entscheide, oder wohin sie sich neige. Die italienische Regierung habe noch keine bindenden Verpflichtungon übernommen, könne also immer ihren Vortheil und die öffentliche Meinung zu Rathe ziehen.

Uns scheint es, dass für Italien es viel gleichgültiger sei, ob Gotthardt, ob Lukmanier, als für die kleine Schweiz, die ihrem Gesammtinteresse nach nothwendig den Gotthardt wählen müsste. Aber wird hier das Gesammtinteresse entscheiden? wird es nicht vielmehr darauf ankommen, welche Gesellschaft durch Intriguen am meisten zu gewinnen, welche am besten den Neid aller Andern gegen die Concurrenzgesellschaft aufzurufen versteht?

Die italienische Deputirtenkammer ging nach Anhörung der Erklärungen des Ministers zur Tagesordnung über.

Elementarunterricht. Bewaffnung der Nationalgarde.

Am 29. April erinnerte Lazzaro den Unterrichtsminister daran, dass er sich des Elementarunterrichtes in den Südprovinzen annehmen möchte, wovon viel gesprochen wäre und würde, während die Thatsachen mit den Worten durchaus nicht übereinstimmten. Der Minister möge auch bei der Vertheilung der Staatshülfen für den Elementarunterricht auf die einzelnen Provinzen, auf das Bedürfniss derselben einerseits, andererseits auf die wirkliche und gute Verwendung zu dem angezeigten Zweck Rücksicht nehmen. Amari versprach, diesen Erinnerungen nachkommen zu wollen.

Es ward darauf das Gesetz über einen Credit von 20,934,500 Francs, vertheilt auf die drei Jahre 1862 bis 1864, zur Bewaffnung der Nationalgarde in Berathung gestellt. Das Gesetz war seit langer, langer Zeit, fast seit einem Jahre in der Commission. Jetzt klagte der Berichterstatter der Commission, Gallenga, dass es ihr an Daten zum Urtheil fehle, seit 18. Juni 1862 habe sie Aufklärungen vom Minister verlangt und keine erhalten, als erst ganz kürzlich. Die Summe scheine sehr hoch, wenn man bedenke, wie sie nicht etwa für die Bewaffnung der mobilen, sondern für die der

sedentären Nationalgarde bestimmt sei, und wie
viele Flinten schon vertheilt wären. Es ergab sich
nun allerdings, dass wenn es der Commission nicht
gelungen war, sich die nothwendigen Aufklärungen
zu verschaffen, sie dabei keineswegs ohne Schuld
war. Indessen nach einer langen fruchtlosen Discussion, die bis in den 30. April hineindauerte, ward
beschlossen, das Gesetz zurückzulegen, bis die Commission sich die nothwendige Information verschafft
habe.

Am 1. und 2. Mai bewilligte die Kammer verschiedene ausserordentliche Ausgaben auf das Budget
des Ministeriums der öffentlichen Arbeiten und
des Krieges. Am letztern Tage interpellirte Ricciardi auch den Finanzminister über nothwendig
einzuführende Abänderungen des Register- und
Stempelgesetzes. Das einzige Interessante aus
der Antwort Minghettis war, dass die Steuer auf
Register und Stempel in letzter Zeit sogar mehr
eingetragen habe, als die Regierung sich davon versprochen, — im Widerspruch zu frühern Erklärungen.

*Bericht der Brigandagecommission. Organisation des
Douaniercorps. Leih- und Depositencasse.*

Am 3. und 4. Mai las Massari, als Berichterstatter der Parlamentscommission, welche beauftragt
worden war, über die Verhältnisse der Brigandage
an Ort und Stelle Erkundigungen einzuziehen, in
geheimer Sitzung den Rapport der genannten
Commission vor. Wir müssen darauf späterhin des

Weiteren zurückkommen, bemerken daher hier nur,
dass die Kammer in der geheimen Sitzung vom 4.
Mai drei Beschlüsse fasste.

Durch den ersten spricht sie der Armee und
den Nationalgarden, welche gegen die Brigandage
kämpften, ihren Dank aus, fordert aber zugleich
das Ministerium auf, dahin zu arbeiten, dass Rom
von den Unruhestiftern gereinigt werde, dass mit aller
Kraft die öffentlichen Arbeiten und insbesondere die
Strassenarbeiten in den neapolitanischen Provinzen an die Hand genommen werden, dass der
Grund und Boden frei gemacht, Creditinstitute für
Ackerbau und Industrie befördert, der öffentliche Unterricht möglichst ausgedehnt, der öffentliche Sicher-
heitsdienst angemessen organisirt und reformirt, überhaupt Alles angewendet werde, um zur Unterdrückung
der Brigandage sämmtliche lebendigen Kräfte des
Landes heranzuziehen.

Durch den zweiten Beschluss ordnete sie den
Druck des von der Commission vorgeschlagenen
Gesetzes und zugleich einer Relation an, welche
die Commission für diesen Zweck zu redigiren für
gut befinde. Es ward hinzugefügt, dass hieraus kein
Präjudiz für die künftige Verhandlung der Kammer
entstehen solle, welche je nach den Umständen ge-
heim oder öffentlich sein könne.

Der dritte Beschluss enthielt weiter nichts
als einen Dank für die Commission.

Die Linke kam in den nächsten Tagen noch
mehrere Male auf die Acten der Brigandagecommission zurück, aber ohne dass wir eine besondere

Veranlassung fänden, eingehender darüber zu berichten.

Am 13. Mai ward ein Zusatzgesetz über die Organisation des Corps der Douaniers und dann das vom Senat herübergekommene, über die Leih- und Depositencasse, angenommen.

Die Angelegenheit des Prinzen Sant Elia.   Tod Alberts Lamarmora.   Schluss der Session 1861/62.

Der Senat beschäftigte sich vom 13. Mai ab wiederholt mit der Angelegenheit des Prinzen Sant Elia und beschloss am 18. Mai eine Resolution, welche die Privilegien des Senates wahrte; dem Prinzen von Sant Elia gab der Senat noch eine specielle Satisfaction, indem er ihn mit seiner Vertretung bei den Feierlichkeiten der Beisetzung Ruggiero Settimos beauftragte.

Noch einen Todesfall hatte der Senat vor dem Schlusse der Session zu beklagen. Es starb am 18. Mai Albert Lamarmora, dessen wir im zweiten Bande beiläufig Erwähnung thaten, als wir von seinem Bruder Alfons, dem jetzigen Präfecten der Provinz Neapel sprachen.

Während die Deputirtenkammer schon seit dem 15. Mai ihre Sitzungen eingestellt hatte, berieth, wie aus den letzten Bemerkungen hervorgeht, der Senat noch fort.

Am 21. Mai las der Minister des Innern den beiden Häusern das Decret, durch welches mit diesem Tage die Session des Parlamentes für 1861/62 geschlossen ward.

Zugleich aber ward das Parlament auf den 25. Mai zur Eröffnung der Session von 1863 wieder einberufen.

VII.

Die römische Frage seit dem Eintritt des Ministeriums Farini.

Sartiges' Unterhaltungen mit Pasolini und Farini. Die Politik der freien Hand.

Napoleons III. Politik in Bezug auf Italien reducirt sich nach wie vor darauf: dass er seinen Einfluss auf das Königreich möglichst ungeschwächt und in möglichst weitem Umfange erhalten will, zu welchem Behuf er Italiens Wunden offen halten muss, ohne jedoch zuzugestehen, dass er dies wolle. In der römischen Frage ist daher die Grundregel, dass die französische Besatzung in Rom bleibe, — und dass Unterhandlungen fortgeführt werden, welche nie zum Ziele führen können, bei welchen von dem Papste allerlei kleine unnütze Zugeständnisse gefordert werden, die er trotzdem nicht macht, während das Königreich Italien eine feierliche Verzichtleistung für alle Zeiten auf das dem Papste gebliebene Territorium eingehen soll, die es nicht eingehen kann, ohne sich selbst aufzugeben.

Das Ministerium Farini, sobald es an das Ruder gekommen war, beschloss vorerst alle Verhandlungen mit Frankreich, welche directen Bezug auf eine Lösung der römischen Frage hätten, zu unterlassen, sich zu enthalten und zu warten, bis etwa europäische Verwicklungen eintreten möchten, die Frankreich bestimmten, auch in der römischen Frage neue Saiten aufzuziehen. Und in der That! wenn Italien sich nicht stark genug fühlte, Frankreich geradezu den Krieg zu erklären, wir wissen nicht, was es jetzt besseres hätte thun können.

Auch das war ohne Zweifel vernünftig, dass das Ministerium es unterliess und vermied, sich über seine Absicht ohne Noth auszusprechen. Indessen die Zeitungen, welche jeden Tag etwas sagen müssen, berichteten auch über die Absicht des neuen Ministeriums und die „Opinione" unter anderen fasste die Sache etwa in dem Satze zusammen: „Zwischen Frankreich, welches den Italienern Rom verweigert, und Italien, welches unwiderruflich Rom fordert, ist ein Uebereinkommen unmöglich."

Der neue französische Gesandte zu Turin, Graf Sartiges, hatte an demselben Tage, an welchem das Ministerium Rattazzi seine Entlassung gab, am 30. November 1862 dem König Victor Emanuel seine Creditive überreicht.

Nachdem das Ministerium Farini gebildet war, berichtete Sartiges darüber am 10. December an Drouyn de L'huys, und sprach dabei die Ansicht aus, dasselbe werde wie das Ministerium Rattazzi an der französischen Alliance festhalten. Die Mitglieder des Farinischen Cabinets blieben mit Sartiges in freundlichem, höflichem Verkehr, ohne indessen die grossen politischen Fragen gegen ihn, im Mindesten zu berühren. Dies ward dem Grafen Sartiges mit der Zeit ein wenig unheimlich, und er nahm von dem Artikel der Opinione, vom 21. December, dessen wir eben erwähnt haben, Veranlassung, sich einmal gegen Pasolini auszusprechen, diesen zu· befragen, wie sich das Ministerium zu den in der Opinione ausgesprochenen Ansichten verhalte. Wie es nicht anders sein konnte, bemerkte nun Pasolini zunächst, dass kein Journal den Anspruch habe, im Namen des Cabinets zu sprechen und dieses zu vertreten, fügte aber hinzu, dass allerdings auch das Ministerium Farini die Meinung habe, Rom sei die natürliche Hauptstadt Italiens. Alle Regierungen des Königreichs seien dieser Meinung gewesen; alle Verhandlungen mit Frankreich über Rom seien italienischer Seits von diesem Gesichtspunct aus gepflogen worden, auch von dem Ministerium Rattazzi. Das jetzige Cabinet weiche von dem vorigen nur darin ab, dass das letztere Unterhandlungen geführt habe, das erstere sich derselben nach den deutlichen Erklärungen des französischen Kaisers, welcher die italienische Basis der Unterhandlungen nicht zulasse, enthalte. Sartiges meinte darauf: solchergestalt stelle die italienische Regierung ein wahrhaftiges Non possumus auf; ob es nicht unpolitisch sei, wenn Italien alle Verhandlungen auf dem Boden der Versöhnung mit Rom zurückweise, während es gar nicht wissen könne, ob nicht Combinationen

einträten, die zu benutzen — und durch Verhandlungen mit Frankreich zu benutzen, — klug wäre.

Pasolini erwiderte: es sei gar nicht die Rede
davon, dass Italien jeden Verkehr mit Frankreich
über die römische Frage für alle Zeiten von der
Hand weise. Es enthalte sich vielmehr nur jetzt,
weil ersichtlicher Weise für den Augenblick jede
Unterhandlung unnütz bleiben müsse. Wenn Frankreich einmal seine Truppen aus Rom zurückziehe,
so würden augenblicklich die Römer die Freiheit
haben, sich für denjenigen Souverän zu entscheiden, der ihnen passe, und allerdings müsse es daher für die Römer, wie für Italien sehr wünschens-
werth sein, dass die französischen Truppen
aus Rom zurückgezogen würden. Dies scheine
sicher das einfachste und für jetzt selbst das
einzige Mittel der Lösung. Auch in Frankreich,
auch in Griechenland habe das Volk die Freiheit
gehabt, sich seinen Souverän zu wählen, warum
sollten sie die Römer nicht haben?

Sartiges heuchelte über diese Theorie ein starkes
Erstaunen: wenn nach dem neuen Völkerrecht,
sagte er, allerdings ein leerer Thron durch Volks-
abstimmung besetzt werden könne, so sei doch
die Sache durchaus nicht anwendbar auf einen legal
besetzten Thron. Wie könne ein monarchischer
Staat, wie Italien, die Theorie von der Expro-
priation eines Souveräns aus Gründen des
allgemeinen Wohls mit Seelenruhe aufstellen?
Europa würde aus den Wolken fallen, wenn es so
etwas höre.

Pasolini zog es vor, sich über diesen Punct nicht auszusprechen, er machte wiederholte Freundschaftsversicherungen, sagte, dass die italienische Regierung im Einklang mit der französischen vorgehen werde, blieb aber schliesslich dabei stehen, dass sich ·unter den jetzigen Umständen für Italien auch nicht der mindeste Anhaltspunct zu neuen Unterhandlungen über die römische Frage darbiete.

In derselben Weise sprach sich Farini gegen Sartiges aus. Dieser letztere berichtete an Drouyn de Lhuys, welcher am 26. December 1862 antwortete, es sei schon gut, die Hauptsache sei, dass weder zu Rom, noch zu Turin Beschlüsse gefasst oder Erklärungen abgegeben würden, die den einen oder den andern Hof für die Zukunft bänden.

So war denn also die römische Politik Italiens dahin festgestellt, dass es sich vorläufig enthalte und seine Zeit abwarte.

In Frankreich legte die Partei der Kaiserin Eugenie dies so aus: dass die Italiener „vernünftig" geworden seien; sie hätten gesehen, dass sie Rom doch nicht haben könnten, und hätten sich darein gefügt. — Ja, diese Auffassung fand sich sogar in der Adresse des Senats an Napoleon III. von Ende Januars wieder, — und in Zeitungsartikeln und in Broschüren ward die Idee der italienischen Conföderation mit neuem Eifer behandelt. Gleichzeitig empfing die Kaiserin Eugenie mit grosser Ostentation eine Anzahl von hohen bourbonistischen Emigranten aus dem Neapolitanischen.

156

Römische Instructionen Drouyns an Lallemand.

Da nach Lavalettes Abgange von Rom der neue
französische Gesandte Latour d'Auvergne nicht
sogleich dort eintreffen konnte, so sprach sich Drouyn
de Lhuys über seine römische Politik schon gegen
den Grafen Lallemand, französischen Geschäftsträger zu Rom in einer langen Note vom 31. October aus.

Er wolle hier, sagte er, nicht in die Fragen eintreten, welche dem Gesandten überlassen werden
müssten, welche aus der gegenwärtigen Organisation
Italiens und der besonderen Stellung des heiligen Stuhles hervorgegangen wären. Er wolle
sich auf einige allgemeine Betrachtungen beschränken. Er habe Monsignor Chigi seine Note vom
26. October an den Geschäftsträger zu Turin vorge-
lesen, daran habe er nothwendig Aeusserungen des
Missfallens knüpfen müssen über die schlechte Auf-
nahme, welche die Bemühungen des Kaisers
für eine Aussöhnung des Papstthums mit
Italien am römischen Hofe gefunden hätten.
Er habe dann Chigi ganz besonders aufmerksam
gemacht auf die Nothwendigkeit der Reformen,
welche der Papst dem römischen Volke im Interesse
der Ausgleichung ohne Zeitverlust bewilligen müsse.
Die öffentliche Meinung in Frankreich erhebe sich
gegen die fortgesetzte Occupation Roms im
Namen der politischen Grundsätze, welche in Frankreich sonst gälten. Diese Occupation könne von dem
französischen Volke zum Schutze des Papstes nur

dann gebilligt werden, wenn zugleich der französische Schutz auch dem römischen Volke zu Gute käme und diesem zu freieren zeitgemässeren Institutionen verhülfe. Der päpstliche Stuhl müsse mit den Reformen der französischen Regierung zu Hülfe kommen, und er dürfe die Einführung dieser Reformen nicht von einer besonderen Lösung der Territorialfrage abhängig machen. Frankreich habe allerdings die Berechtigung der Reclamationen des Papstes dagegen, dass ihm die Romagna, Umbrien und die Marken weggenommen seien, stets anerkannt. Aber es sei etwas Anderes, ein Recht anerkennen, etwas Anderes, es mit allen Mitteln geltend machen. Die Interessen Europas wie Frankreichs schlössen die bewaffnete, gewaltthätige Intervention in Italien zu Gunsten des Papstes aus. Wie aber könne dies nun hindern, dass der Papst die ihm bleibenden Provinzen sich neu garantiren lasse, ohne dass er darum principiell eines seiner Rechte auf die ihm abhanden gekommenen aufgebe?

Man sieht also: Drouyn de Lhuys verlangt, dass der Papst Reformen in der Verwaltung einführe, und dass er sich das ihm übrig gebliebene Gebiet von den europäischen Mächten, die von Frankreich dazu bestimmt werden sollen, neu garantiren lasse.

Latour d'Auvergne in Rom und die Reform des Kirchenstaats.

Am 12. December hatte Latour d'Auvergne, kaum in Rom eingetroffen, seine erste Zusammen-

kunft mit Antonelli. Die Herren, obgleich sie
einander seit zehn Jahren nicht gesehen hatten,
kannten sich doch gut, schwelgten in Erinnerungen,
und Antonelli war voll honigsüsser Freundschaft
für Frankreich, voll Anerkennung des Schutzes,
den Napoleon dem päpstlichen Stuhl hatte ange-
deihen lassen, und erkundigte sich angelegentlich
nach dem Befinden Napoleons, Eugeniens und
ihres Sohnes. Die Geschäfte wurden nur sehr ober-
flächlich berührt und Antonelli versprach Alles, was
dem römischen Hofe möglich sei, zu thun, um
Frankreich zufriedenzustellen.

Während Drouyn de Lhuys den Prinzen Latour
d'Auvergne auf die Instructionen verwies, welche er
am 31. October dem Grafen Lallemand hatte zu-
kommen lassen, überreichte der französische Gesandte
am 15. December dem Papst in besonderer Audienz
seine Creditive. Alles Freundschaft und Freundlich-
keit. Und in der freundschaftlichsten und freundlich-
sten Weise stellte nun auch Latour d'Auvergne
dem Papste vor, warum er nicht vernünftig sein wolle,
warum nicht dem Schwindel, welchen Napoleon
mit Italien trieb, ein wenig entgegenkommen? Er
müsse doch selbst einsehen, wie wenig man von
ihm verlange. Mit ein wenig Humor spiele sich die
Comödie ganz gut.

Pius IX. erwiederte, er werde thun, was er
könne, aber so leicht als die Herren Franzosen sich
die Sache machten oder vorstellten, sei sie für das
Oberhaupt der Christenheit doch nicht. Er
habe bereits Befehl gegeben, dass mit dem 1. Januar

1863 die Municipalräthe, wie es 1848 der Fall
gewesen, wieder in Wirksamkeit träten, aus ihnen
würden die Provinzialräthe, aus diesen würde
wieder die Staatsconsulta hervorgehen, indem
die nächst niedere Behörde immer die Vorschläge
für die nächst höhere vorlege, während der Papst
und sein Antonelli dann auswählten, welche von den
Vorgeschlagenen sie haben wollten. So sei Alles
auf das Princip der Volkswahl basirt, alles aufs
Schönste geordnet, ganz wie in Frankreich, und
Niemand könne sich etwas Besseres wünschen. Er,
der Papst, hätte auch gar nichts dagegen gehabt,
der Staatsconsulta in Finanzsachen eine beschlies-
sende Stimme zu geben. Aber das sei jetzt fast
lächerlich, da der Papst der Dreiviertel der regelmässigen Einnahmen aus seinen Staaten beraubt sei und
fast einzig von dem Edelmuthe der Gläubigen lebe.
Was solle unter solchen Umständen eine derartige
Finanzcontrole? eine Controle der Almosen? Im
Uebrigen würden die öffentlichen Arbeiten neuerdings mit dem gleichen Eifer betrieben, wie in andern
europäischen Staaten, und überhaupt befasse sich die
päpstliche Regierung mit der Hebung des Volkswohlstandes weit mehr, als man gewöhnlich
anzunehmen beliebe. Was Justiz und Verwaltung
betreffe, so sei der Papst auch da Reformen gar
nicht abgeneigt, aber er glaube, dass man in Europa
den wirklichen Zustand der päpstlichen Justiz und
Verwaltung, der ein ganz ausgezeichneter sei,
gar nicht kenne und durch Lügen verführt, sich ganz
falsche Vorstellungen davon mache. Er werde daher

durch Antonelli ein **Memorandum** bearbeiten lassen, welches den **wahren** Zustand der Verwaltung im Kirchenstaat darstellen, welches an **Chigi** abgesendet werden solle, und dann von diesem auch **vertraulich** der **französischen** Regierung mitgetheilt werden könne.

Latour d'Auvergne erklärte sich ungemein entzückt von dieser Idee, sprach aber die Meinung aus, dass es sehr rathsam sein würde, wenn diesem Memoire zugleich eine Uebersicht der Reformen, die der Papst **einzuführen** gedenke, beigefügt würde, da nun einmal die ganze **Welt Reformen im Kirchenstaat für eine** unabweisbare **Nothwendigkeit** erkläre. Der Papst versprach, auch für diesen Anhang zu sorgen.

Drouyn de Lhuys, von diesem Gespräch durch Depesche vom 16. December unterrichtet, ermahnte den Prinzen **Latour d'Auvergne,** den päpstlichen Hof bei seinen guten Dispositionen zu erhalten, und versicherte, dass er mit **wahrer Genugthuung** von dem Antonellischen Memoire Kenntniss nehmen werde.

Dieses Document kam denn Mitte Januar 1863 auch in Paris an. Wie man sich denken kann, stellte es die Verfassung des Kirchenstaates in einem so rosigen Lichte dar, dass dem Biedermann, nachdem er es durchgelesen, nur ein Gefühl bleiben konnte, das der tiefsten Verachtung für die schändlichen Verläumder der **aufgeklärtesten** Regierung Europas.

Englische Einmischung in die römische Frage.

England blieb bei der Wendung der römischen
Frage, welche dieselbe mit Aspromonte genommen,
nicht theilnahmlos. Anknüpfend an die Gespräche,
welche Odo Russel am 26. Juli mit dem Papste
gehabt hatte, richtete Lord Russel am 25. October
1862 an jenen eine Depesche, durch welche er ihn
ermächtigte, Pius dem IX. englische Schiffe
förmlich zur Verfügung zu stellen, die ihn je nach
seinem Belieben, nach Marseille, Triest, Valen-
cia oder auch nach Malta bringen könnten. In
der Encyclica vom 29. April 1848, als Italien und
Oesterreich einander streitgerüstet entgegenstanden,
bemerkte Lord Russel, habe Pius IX. gesagt, dass
er als Haupt der katholischen Christenheit nicht das
Schwert ziehen und kämpfen könne. Dieselben Principien würden den Papst wohl heute noch beseelen.
Aber auch jetzt sei eine Zeit des Kampfes. Wie
schmerzlich müsse der Kampf der Meinungen in
Italien für das zarte Herz des Papstes sein. Es
wäre das gescheidteste, wenn Pius Rom auf einige
Zeit verliesse, um draussen, irgendwo im sichern
Port, abzuwarten, ob die Italiener beschlössen, ihm
die weltliche Macht über ein Stück Italiens zu
lassen oder nicht. Wenn die Sache entschieden
sei, dann könne der Papst wiederkehren, entweder
als weltlicher Herrscher über ein Stück Italiens,
oder, wäre dies nicht, als geistiger Hirte der
katholischen Welt.

Fast gleichzeitig, am 31. October, richtete Lord

Russel eine Depesche an den englischen Gesandten
zu Paris, Grafen Cowley, in welcher er dieselbe
Idee entwickelte und weiterhin die Ansicht, dass es
an der Zeit sei, der französischen Occupation
Roms ein Ende zu machen. England könne die
Hoffnungen auf eine Aussöhnung des Papstthums
mit Italien, welche Napoleon nähre, nicht theilen.
Die einzige wirkliche Grundlage einer Aussöhnung
des Papstthums mit Italien liege darin, dass der
Papst auf seine weltliche Herrschaft verzichte. Diese
Basis nehme Napoleon nicht als nothwendig an.
Ein König von Italien aber, der entgegen dem aus-
gesprochensten Willen des italienischen Parlaments
und Volks, auf Verhandlungen eingehe, deren Inhalt
wesentlich eine Verzichtleistung Italiens
auf seine natürliche Hauptstadt wäre, würde
sich verhasst machen und gezwungen sein, um sich
zu behaupten, die Gewalt gegen sein eigenes
Volk zu gebrauchen, und die italienische Nation
würde in dieselbe Zersetzung verfallen, in welcher
sie sich früher befand, zu deren Beseitigung im Interesse des Weltfriedens Napoleon so entschieden
mitgewirkt habe.

Cowley, sobald er diese Depesche erhalten hatte,
verfehlte nicht, Drouyn de Lhuys Kunde davon
zu geben, ihm auch eine Abschrift davon anzubieten,
was Drouyn de Lhuys höflich ablehnte, da er schon
im Stande sei, den Inhalt im Kopfe zu behalten. Zur
Sache sagte Drouyn de Lhuys: es seien überhaupt
soviel schwierige Fragen im Gange, dass doch
England wirklich sich hüten solle, unnütze

Querelen wegen Rom anzufangen. Das Zusammen-
gehen Englands und Frankreichs sei höchst
nothwendig. Ueber die römische Frage könnten
sie sich nun einmal nicht verstehen, man solle sie
also laufen lassen. Frankreich sei bei der römischen Frage in ganz anderer Weise interessirt, als
England; Meinungsdifferenzen zwischen ihnen in diesem
Punct seien daher nur zu erklärlich. Uebrigens habe
ja England vor 13 Jahren sich ganz einverstanden mit der römischen Politik Frankreichs erklärt. Was wolle es jetzt? Wenn England denke,
dass Napoleon persönliche, specielle Interessen
in Rom verfolge, so irre es sich ganz einfach; die
Idee der Besetzung Roms habe nicht erst Napoleon
aufgefasst, sie sei bereits dagewesen, ehe Napoleon
an die Regierung gekommen; sie stamme schon aus
der Regierung Cavaignacs her. Wenn man sage,
man solle den Römern die Bestimmung über die Art,
wie sie regiert sein wollten, überlassen, so sei das
eine blosse Redensart. Sobald die Franzosen
Rom verliessen, würden es nicht mehr die Römer
sein, welche über ihre Geschicke entschieden, sondern
Agitatoren aus allen Weltgegenden. Eine
nationale Armee habe der Papst niemals gehabt, und es sei am Ende immer noch besser, dass
ein französiches Corps in Rom stände zum Schutze
des Papstes, als dass dieser sich wieder eine La-
moricièresche Bande aus Irländern, Schwei-
zern u. s. w. zusammenwerbe. — Zur Unterstützung
verschiedener seiner Meinungen zeigte Drouyn de
Lhuys ein grosses geschichtliches Memorandum

über die römischen Angelegenheiten vor, welches er
hatte bearbeiten lassen.

Cowley protestirte zunächst dagegen, dass die
römische Frage jemals zu einer Trennung Englands von Frankreich führen könne, machte
aber doch darauf aufmerksam, dass ein grosser Unterschied zwischen dem Jahre 1849 und dem Jahre
1862 bestehe, dass England 1849 in dem Falle gewesen sein möge, nichts besonderes gegen die französische Expedition einzuwenden und doch ganz
wohl finden könne, es sei nun genug und heute
sei es an der Zeit, dass der französischen Occupation
ein Ende gemacht werde. Es existire allerdings ein
sehr bedeutender Unterschied zwischen dem Italien
von 1849 und dem Italien von heute.

Lord Russel bekräftigte diesen Einwand
Cowleys in einer Depesche, die er auf den Bericht
des letztern vom 5. November am 15. November
nach Paris sendete, und gab zugleich zu verstehen,
dass England denn doch nicht so ganz unbetheiligt
bei der römischen Frage sei, da aus ihr Complica-
tionen entstehen könnten, welche den Frieden Europas
ernstlich bedrohten.

Drouyn de Lhuys hatte natürlich von dem
Gespräche Odo Russels mit dem Papst Ende Juli
1862, dann von den Mittheilungen erfahren, welche
Odo Russel auf die Depesche vom 25. October
hin im Auftrage seiner Regierung dem Papste gemacht. Bei seiner nächsten Zusammenkunft mit
Chigi brachte er das Gespräch auf diese Angelegenheit mit der Bemerkung: es scheine, dass Frankreich

als Schutzmacht des Papstes neuerdings Rivalen
bekommen habe. Als Chigi die Sache bestätigte,
sprach Drouyn de Lhuys die Hoffnung aus, dass
eintretenden Falls der Papst Frankreich den Vorzug vor England geben werde und fügte hinzu,
dass Frankreich um diesen Vorzug bitten werde.
Zugleich schrieb Drouyn nun an Latour d'Auvergne am 20. December, und dieser sendete am
27. seine Antwort mit angeblich näheren Angaben
über den Verkehr Russells mit dem päpstlichen Stuhl,
Angaben, die zum Theil auf Klatschereien beruhend,
in verschiedenen Dingen den Thatbestand entstell-
ten. Lord Russel sah sich hiedurch, nachdem
die diplomatischen Documente Anfangs 1863 den
französischen Kammern vorgelegt worden waren, veranlasst, am 29. Januar eine Note an Cowley zu
richten, um die Dinge wieder in ihr wahres Licht
zu bringen.

Odo Russel berichtete im November mehrere
Male über die Organisation von Brigandenhaufen,
Belgiern, Spaniern, Baiern in Rom, welche zur Verstärkung der Bande Tristanys bestimmt, ähnlich
den Franzosen uniformirt seien.

Ueber diese Angelegenheit sendete Lord Russel
am 27. December eine Note an Cowley. Die englische Regierung, sagte er, habe der französischen
ihre Meinung über die Occupation Roms offen vor-
gestellt und wolle nicht darauf zurückkommen. Dagegen könne sie über einen besonderen Punct nicht
schweigen. Der Papst stelle in allen Documenten
und Acten sein weltliches Reich als einen Sitz des

Friedens dar, der allem Hader der Welt fern
bliebe. Wenn die französische Besatzung wirklich
eine so friedliche, christliche Herrschaft zu Rom
schützte, würde die Occupation Vieles von ihrer
Schädlichkeit verlieren. In der That schütze
die französische Occupation zu Rom die Organisation der Brigandage. Wenn aus der Schweiz
Brigandenhaufen in die Lombardei einfielen, so würde
die italienische Regierung die schweizerische Eidgenossenschaft auffordern, dem Unwesen zu steuern,
und die Schweiz würde der Aufforderung nachkommen.
Wenn der Kirchenstaat ein unabhängiger
Staat wäre, würde sich Italien in Bezug auf das
Brigandenwesen zu ihm ebenso verhalten, und wenn
den Anforderungen Italiens nicht genügt würde,
würde dieses sich selbst Satisfaction holen. Das
wäre das Einfache; die französische Occupation
degenerire diese einfachen Verhältnisse. Frankreich sei für die Brigandage verantwortlich,
die französichen Generale brauchten nur ernstlich zu
wollen, und die Brigandage würde auf-
hören.

Cowley las diese Note am 29. December Drouyn
de Lhuys vor. Drouyn erklärte die Dinge für
jedenfalls übertrieben, bestritt, dass die Brigandage nur vom päpstlichen Gebiet aus genährt werde;
auch in den innern, weit von den römischen Grenzen
entfernten neapolitanischen Provinzen wüthe sie. Der
Prinz Latour d'Auvergne sei übrigens mit Instructionen
nach Rom gegangen, welche auf eine energische
Abhülfe des Uebels hinzielten. Auch Frankreich

wünsche die Entfernung **Franz des II.** von Rom, dessen Anwesenheit dort mindestens **unangenehm** sei, aber dass Frankreich in dieser Beziehung von seiner **Gewalt** Gebrauch mache, könne doch **England gerade** am wenigsten fordern, welches sein Asylrecht in so **ganz** unbeschränkter Weise übe. Die französischen Truppen thäten in der That alles nur Denkbare, um der Brigandage zu steuern und **sie bildeten vielmehr eine Grenzwache als eine Besetzung Roms.**

Im Uebrigen sprach sich **Drouyn de Lhuys** in einer weitläufigen Depesche vom 1. Januar gegen **Latour d'Auvergne** über seine Unterredung mit **Cowley** aus. Latour d'Auvergne sowohl als **Montebello** nun liessen, wie es in Paris gewünscht ward, die formellsten Dementis der von **Odo Russel** gemachten Mittheilungen an Drouyn de Lhuys und den Kriegsminister abgehen.

Montebello war wüthend; er sprach mit **Odo Russel**, sagte diesem, er habe seine militärische Verwaltung blamiren wollen; der Geschäftsträger könne ihm übrigens — gewogen bleiben; er kümmere sich den Teufel um die Kritik, wenn sein **Gewissen** rein sei. **Odo Russel** antwortete ihm darauf: wenn die Thatsache von den 260 französisch uniformirten Briganden für **Tristany** nicht wahr sei, so müsse er selbst von seinen Nachrichtgebern, die seiner ganzen Kenntniss nach wahrhaftige Leute wären, getäuscht worden sein. Im Uebrigen wäre es **nicht das erste Mal**, dass dergleichen vorgekommen. Unter **Goyons** Commando seien mehrfach solche

Brigandenorganisationen auf dem päpstlichen Gebiet
constatirt. Der Gang der Dinge sei dabei der,
dass die Briganden einzeln an die Grenze spedirt
würden, ebenso die Ausrüstungsstücke in kleinen
Quantitäten; in abgelegenen Klöstern und anderen
geeigneten Localitäten an der Grenze würde dann
die Formation vorgenommen.

Montebello behauptete, unter ihm käme dergleichen nicht vor; die päpstliche Regierung (!)
wirke mit ihm zusammen, um die Brigandage
auszurotten; ohne sein Wissen könne kein bewaffneter Mann mehr über die päpstliche Grenze, und
Alles, was Odo Russel nach London berichtet,
sei also falsch und erlogen.

Odo Russel becomplimentirte darauf den französischen General, dass es ihm so gut mit der Unterdrückung der Brigandage gelungen sei, und sprach
die Hoffnung aus, dass unter solchen Umständen
Montebello ihm gewiss die sicherste Auskunft
über den wahren Stand der Brigandage geben könne,
— worauf Montebello versicherte, dass die Bande
Tristanys jetzt höchstens 60 Mann zähle und bald
ganz verschwunden sein werde, dass jede Communication Tristanys mit seinen Auftraggebern in
Rom unmöglich gemacht sei, und dass neuerdings
erst 2000 Abzüge einer Proclamation, welche die
Neapolitaner zur Erhebung für Franz II. aufforderte,
abgefasst worden wären.

Wie es mit der Wahrheit dieser Versicherungen
des französischen Generals sich verhielt, werden uns
später die Thatsachen zeigen.

Beschwerden der italienischen Regierung über Rom wegen Hemmungen des internationalen Verkehrs.

Während die italienische Regierung ihr Dringen in Frankreich wegen einer Lösung der römischen Frage im Allgemeinen, auf bessere Zeiten wartend, vorläufig eingestellt hatte, konnte es doch nicht fehlen, dass sie in Einzelheiten auch in Paris auf dieselbe zurückkommen musste, was dann zugleich annähernd die Gelegenheit gab, zu zeigen, dass es Pasolini mit seinem Versprechen, Italien werde auch fernerhin mit Frankreich im Einvernehmen handeln, Ernst gewesen sei.

Es wäre überflüssig, ausdrücklich daran zu erinnern, dass der päpstliche Hof seinen kleinen Krieg gegen die italienische Regierung, wie er ihn vermöge seines Einflusses auf die Geistlichkeit führen konnte, unverdrossen fortsetzte. Stille und offene Aufhetzung des Volkes durch die Geistlichkeit im Beichtstuhl und von der Kanzel, die Hervorrufung von Conflicten über geistliche und weltliche Gewalt, zäher Widerstand der Geistlichkeit gegen die weltlichen Gesetze blieben im Königreich Italien an der Tagesordnung, und die ciserne Hand, mit der diese Wühlereien hätten niedergeschlagen werden sollen, und hätten niedergeschlagen werden können, war nicht immer vorhanden.

Aber die päpstliche Regierung erlaubte sich gegen Itatien auch directe Scheerereien, welche mit der Kirche durchaus nichts zu thun hatten, und die einfach auf Verletzungen der weltlichen völkerrecht-

lichen Gesetze hinausliefen, welche die Verhältnisse
civilisirter Staaten regieren.

Die Schiffe, welche unter italienischer Flagge
in die päpstlichen Häfen von Terracina, Porto
d'Anzio oder Civitavecchia einliefen, mussten
dieselbe abnehmen, und durften sie auch während
des Aufenthalts im Hafen nicht aufhissen. Die Capitäns dieser Schiffe mussten ihre Schiffspapiere
während des Aufenthalts an die päpstlichen Behörden
abliefern und bekamen dafür, gegen Erlegung einer
Taxe, nur einen besonderen Erlaubnissschein.
Ausserdem aber — und dies war der Gipfel der
Unverschämtheit — wurden die aus den neapolitanischen Provinzen kommenden Capitäns gezwungen, wegen ihrer Geschäfte sich an die sogenannten
Consuln Franz des II. zu wenden. Und wenn
sie dies verweigerten, so drohte man ihnen, man
werde sie künftig gar nicht wieder in päpstliche
Häfen einlaufen lassen.

Diese Unverschämtheiten veranlassten Pasolini
am 21. Februar 1863 zu einer Note an Nigra,
durch welche dieser angewiesen ward, bei Drouyn
de Lhuys Vorstellungen dagegen zu erheben. Ohne
den Schutz Frankreichs, sagte Pasolini, würden
die päpstlichen Behörden sich derartige Frechheiten
gegen Italien nicht herausnehmen.

Eine andere Note, welche Pasolini am 12. März
1863 nach Paris sendete, bezog sich auf Pass-
scheererereien, mit denen namentlich die Italiener
an der römischen Grenze heimgesucht wurden. Unter
den Reformen, welche Frankreich insbesondere dem

päpstlichen Gouvernement empfohlen hatte, befand sich auch die des Passwesens; aber weit entfernt, dass hierin etwas gebessert worden wäre, war die Sache eher toller geworden als vorher. Eine bourbonische, sogenannte Agentur, gab an die Italiener aus den neapolitanischen Provinzen, welche aus dem Römischen in ihre Heimat zurückkehren wollten, Pässe aus im Namen Franz II. gegen eine Vergütung von 50 Bajocchi, ohne welche sie gar nicht über die Grenze gelassen wurden. Den zahlreichen Landleuten aus den Abbruzzen, welche zur Feldarbeit nach dem Römischen gingen, wurden an der Grenze ihre Pässe abgenommen; sie erhielten dieselben auch meistentheils nicht wieder, und es war aller Grund vorhanden, anzunehmen, dass eben diese Pässe nachher den Briganden zugestellt wurden, die aus dem Römischen ins Neapolitanische geschmuggelt werden sollten. Die Reisenden, welche aus dem Neapolitanischen ins Römische gingen, wurden von der päpstlichen Polizei gezwungen, auf ihre Pässe das Visa einer Agentur Franz des II. setzen zu lassen.

Nigra nahm die guten Dienste Frankreichs in Anspruch, damit dem Unwesen ein Ende gemacht werde; er stellte nach den Anweisungen Pasolinis dem französischen Minister des Auswärtigen vor, dass nicht blos Italiener, sondern auch Ausländer, welche in Italien reiseten, unter diesen Scheerereien litten; Repressalien könne das Königreich Italien nicht anwenden, weil es damit nur Italiener, die auf dem Boden des Kirchenstaats

wohnten, treffen würde. Wenn die päpstliche Regierung durch ihre Scheerereien den Italienern nur
immer deutlicher machen wolle, wie nothwendig
eine Lösung der römischen Frage sei, so er-
reiche sie sicher ihren Zweck; jedenfalls aber passten
ihre Massregeln sehr wenig in jenes System der
Versöhnung Italiens mit dem Papstthum,
welches von Frankreich her beständig als die wahre
Basis der Lösung empfohlen werde.

Drouyn de Lhuys theilte die Beschwerden der
italienischen Regierung an Latour d'Auvergne mit,
damit dieser die Abstellung der Missbräuche dem
Cardinal Antonelli ans Herz lege, indessen ohne
sie gerade warm zu befürworten. Antonelli nun
läugnete theils das Bestehen der bezeichneten Missbräuche einfach ab, theils zeigte er von seinem Standpuncte aus, dass die Dinge gar nicht anders gehen
könnten, als sie gingen.

Nigra, der am 9. und 23. April darüber nach
Turin berichtete, hatte Drouyn erklärt, dass die italienische Regierung die Auffassung und Anstalten
der päpstlichen durchaus nicht für befriedigend halten
könne. Drouyn musste dies wohl auch finden, aber
er machte Nigra darauf aufmerksam, dass man auch
billig sein müsse. Das Königreich Italien sei im
Besitz des grössten Theils des Kirchenstaats, und
der letztere habe jenen Besitz niemals als legitim
anerkannt.

Anfangs April arretirten italienische Soldaten an
der römischen Grenze zwei Briganden; in der That
auf Gebiet des Königreichs Italien. Aber dessen Grenze

mit dem jetzigen Kirchenstaat ist so zerrissen, so mit
kleinen Sägezähnen ausgezackt, dass es gerade kein
Wunder wäre, wenn in der Verfolgung von Briganden auch einmal die Grenze überschritten würde.
Antonelli hielt es nun für gut, anzunehmen, dass
jene erwähnte Verhaftung auf päpstlichem Gebiet erfolgt sei, um bei Latour d'Auvergne ein beträcht-
liches Geschrei über die Grenzverletzung zu erheben, welches Latour d'Auvergne getreulich nach
Paris weitertrug, wo dann wieder Drouyn de Lhuys
Nigra ernstliche Vorstellungen machte. Auf die bezügliche Depesche Nigras antwortete Visconti-
Venosta sogleich am 19. April mit Feststellung des
wahren Thatbestandes; dieser Depesche aber liess er
ausserdem am 23. April eine andere folgen, in welcher er über die Brigandage im Allgemeinen
handelte.

Indem er zugab, dass, wie Drouyn de Lhuys sich
früher ausgedrückt, in manchen neapolitanischen Provinzen die Brigandage ein sociales, mit allen Zu-
ständen verwachsenes Uebel sei, hielt er doch auch
dies aufrecht, dass die Brigandage und die Dynastie
der neapolitanischen Bourbonen in engem
Zusammenhang mit einander ständen. Nicht das erste
Mal war es, dass diese Bourbonen sich der Brigandage als politischen Mittels bedienten. So lange
Franz II. in Rom war, war er unzertrennbar mit dem
ganzen Räuberwesen im Neapolitanischen verknüpft.
— Die Bevölkerung der neapolitanischen Provinzen,
fügte Visconti-Venosta hinzu, habe ausserdem eine
so hohe Meinung von der Macht der Franzosen,

dass sie sich gar nicht denken könne, wie die Brigandage fortbestehen, von Rom aus fortgenährt werden könne, wenn die Franzosen es nicht wollten. Und daran knüpften sich eine Menge Schlüsse auf Italien feindselige Absichten Frankreichs, welche Unsicherheit aller Art erzeugten. Frankreich müsse zeigen, dass diese Schlüsse falsch seien. Der Minister wolle getreu den Beschlüssen, die schon das Ministerium Farini beherrscht hätten, nicht auf das Ganze der römischen Frage eintreten; aber es sei absolut nothwendig, dass eine umfassende Vereinbarung zwischen den italienischen und französischen Truppencommandanten über die Unterdrückung der Brigandage zu Stande gebracht werde.

Von Frankreich her erfolgte darauf zunächst keine andere Antwort als, dass man sich die Sache überlegen werde.

Antonelli und die Verhaftung Faustis.

Antonelli haben wir immer als den beständigen Vertreter der Politik des Non possumus kennen gelernt. Aber Antonelli hatte seine Feinde in demselben Ministerium, welchem er präsidirte, in der nächsten Umgebung des Papstes. Es war die Partei de Merodes, welche ihn anfeindete, welche ihn seit lange zu verdrängen suchte. Der Partei de Merode war er zu geschickt, zu sehr Diplomat, nicht fanatisch genug. Diese Partei verhielt sich zu der Partei Antonellis wie die steckköpfigen Legitimisten zu den in Preussen sogenannten Altliberalen, Diplo-

mätlern, welche sich doch im Wesen und dem Erfolg nach kaum von jenen unterscheiden.

Während Antonelli bis zum Jahre 1859 für
den Unersetzlichen gegolten hatte, war seit dem
Jahre 1860 sein Credit geschwunden; seine „Geschicklichkeit" hatte ja nicht ausgereicht, um die
„Beraubung der Kirche" im Jahre 1860 zu verhindern. Und die Merodianer blieben nicht dabei
stehen, ihm Mangel an Geschicklichkeit vorzuwerfen,
sondern sie klagten ihn geradezu an, dass er durch
sein Anbändeln nach allen Seiten hin, durch sein
Abweichen von den reinen Principien die „Beraubung" des Papstes verschuldet habe, dass er durch
eben diese Dinge auch verschulde, wenn der Kirchenstaat noch nicht wieder in seinen Grenzen hergestellt sei. Die Merodianer sannen daher beständig
auf Streiche, den ihnen zu aufgeklärten Antonelli,
dessen Aufklärung sogar so weit geht, dass er eine,
wenn auch noch so schöne und liebenswürdige Pro-
testantin zur Geliebten hat, von seinem Ministersitze
zu verdrängen, und sie fanden dabei die ausgiebigste
Unterstützung von Seiten der Partei der Kaiserin
Eugenie in Frankreich, nicht so von der Partei des
Kaisers Napoleon und seiner Minister (welcher
Nuance diese sein mochten), denen der geschickte,
diplomatische Schaukler eben gerade behagte.

Im Frühling des Jahres 1862 war zu Rom Venanzi als Agent des römischen Nationalcomités verhaftet und ihm der Process vor dem Tribunal der
Sacra Consulta gemacht worden. Das römische
Nationalcomité, wie bekannt, arbeitete zu Rom

für Turin und hielt sich ziemlich beständig in den
Cavourschen Traditionen, nicht ohne die Schmieg-
samkeit, sich jedem neuen Ministerium anzubequemen,
welches zu Turin ans Ruder kam.

Venanzi sass fast ein Jahr im Gefängniss, als
der Ritter Fausti von Spoleto am Sonntag den 22.
Februar 1863 verhaftet wurde. Fausti war einer
dieser unbedeutenden Abenteurer, welche anfangs
Wucherer, dann Intriganten von Profession, überall,
etwas mehr in Italien, wieder etwas mehr in Rom
mit Glück aufkommen. Seit längerer Zeit war er
die rechte Hand Antonellis für dessen geheime
Geschäfte, decorirt mit allen päpstlichen Orden und
auch mit der französischen Ehrenlegion. Das Tribunal der Sacra Consulta wollte in dem Process
Venanzi Spuren gefunden haben, welche auf Fausti
leiteten. Die Verhaftung Faustis geschah auf
Veranlassung Merodes und auf Requisition des Monsignor Pila, Minister des Innern, — aber ohne
dass Antonelli davon unterrichtet war. Man
fand bei Fausti, der viel zu schlau war, unnütze
Dinge aufzuschreiben, oder sie dann gar bei sich
aufzubewahren, nichts; indess er sass fest, der Process sollte seine Schuld aufhellen, wenn sie bestand.

Antonelli nahm die ganze Geschichte für das,
was sie war, für einen Faustschlag, den die Mero-
dische Partei ihm versetzen wollte. Er oder Merode
— musste unter solchen Umständen für ihn die Parole
sein. Er hatte redlich Reichthümer für sich zusam-
mengescharrt, befand sich sehr wohl und hatte sich
schon längst überlegt, dass es für ihn am besten

sein möchte, wenn er in der stürmischen Zeit, die nothwendig dem Tode Pius des IX. folgen müsste, in der Zurückgezogenheit leben könnte, ein geistlicher Cincinnatus, stolz in dem Bewusstsein, in schweren Tagen das Schiff des Staates durch die hohen Wogen so gut als möglich gesteuert zu haben, fern der Gefahr, diesen Ruhm in den Zeiten, die da kommen mussten, einzubüssen.

Antonelli verlangte daher unmittelbar nach der Verhaftung Faustis seine Entlassung, wenn nicht Monsignor Pila von seinem Posten entfernt werde. Dem Papste convenirte weder das eine noch das andere; er machte daher alle möglichen Versöhnungsversuche und auch die französische Diplomatie legte sich eifrigst ins Mittel, um Antonelli an seinem Platze zu erhalten. Für sie kam es darauf an, wie in allen anderen, so auch in diesem Verhältnisse den Status quo aufrecht zu erhalten. So kam es denn, dass, nachdem Ende April der Abgang Antonellis als eine ausgemachte Sache verkündet worden war, im Mai dies alsbald widerrufen werden musste. Antonelli, so hiess es, habe sich dazu verstanden, zu bleiben, wenigstens bis der Process Fausti entschieden sei. Kurz in dem Momente, mit welchem wir für jetzt unsere Geschichte abschliessen, war Antonelli nach wie vor am Ruder des römischen Staates.

VIII.

Die polnische Frage und die Polenmeetings.

Parteiansichten über die polnische Revolution. Die Meetings.

In **Polen** gährte die Insurrection seit dem Anfange des Jahres 1862 im geistlichen Gewande, in der härenen Dulderkutte. Als aber **Russland**, um in seiner Art dem gefürchteten gewaltsamen Ausbruch zuvorzukommen, zu dem fluchwürdigen Mittel einer allgemeinen **Branka** in Polen griff, die alle waffenfähigen und tüchtigen Leute für das russische Heer pressen sollte, da erhob sich die polnische Insurrection in Waffen wirklich; die jungen Leute in Polen wollten lieber für ihr Vaterland, als in dem regulären Waffenrock für die Interessen des Czaren kämpfen. Alle diejenigen, welche sich von der Conscription bedroht sahen, flüchteten in die Wälder, schaarten sich hier zusammen und begannen nun in kleinen Abtheilungen einen heldenmüthigen Krieg gegen die russische Heeresmacht.

Ein solches tapferes nationales Auftreten erregt immer die Sympathieen der Völker, selbst wenn dieselben hie und da sich sagen müssten, dass bei genauerer Ansicht der inneren Gründe und Verhältnisse jenes Auftretens, sie nicht so von Herzen mithalten könnten.

„Deshalb **Eintracht** und **Brüderlichkeit!** sprach **Garibaldi** im August 1862 zu **Marianopoli**. Und nicht blos unter uns **Italienern**, sondern ebenso

zwischen uns Italienern und den andern
Völkern der ganzen Welt. Wenn diese Brüder-
lichkeit wahrhaft bestände, würde es mir wenig aus-
machen, ob mein Nizza zu diesem oder jenem
Theil der Nationen gehörte, die alle zusammen nur
die Glieder einer und derselben grossen Familie der
Menschheit sein würden. . . . .
Wenn die Italiener Rom haben werden, und jede
jetzt noch geknechtete Provinz, dann werden alle
Nationen zur Freiheit und Brüderlichkeit aufgerufen
werden, dann werden auch die stehenden Heere ihr
Ende finden, diese Nagewürmer am Wohlstande des
Staates, diese Popanze für freie Institutionen, deren
Nothwendigkeit und gedenkbarer Nutzen ohne äussere
Kriege aufhört, da Ordnung und innere Ruhe nur
unter dem Schutze von Bürgertruppen stehen können."
So sprach der Held von Nizza, und man kann
es schon glauben, dass bei ihm das Gefühl für die
Solidarität der Völkerinteressen und der Völker in
Fleisch und Blut übergegangen ist, untrennbar von
seinem Sein. Und wie es denn nicht anders sein
kann, als dass ein solcher Mann einer beträchtlichen
Anzahl seiner Landsleute seine Ideen in ihrer Rein-
heit und Grösse mittheile, so stammten in der That
viele der Sympathieen, welche die polnische Erhebung
in Italien fand, aus dem reinen und unverfälschten
Gefühle der Völkersolidarität: wo immer ein unter-
drücktes Volk sich gegen seine Unterdrücker erhebe,
da müssten die Italiener voran sein, ihm zu helfen, für seine Befreiung einzutreten.
Ob nun ein solches Gefühl in Polen den ent-

sprechenden Gegenklang fand, daran zu zweifeln, war
mindestens sehr erlaubt; es war erlaubt, zu glauben,
dass die Leiter der polnischen Insurrection auf einem
ganz andern Boden ständen, als Garibaldi, dass sie
weder im Namen der Solidarität der Völker, noch im
Namen der Freiheit die Fahne der Insurrection auf-
pflanzten, sondern für dynastische Gelüste, um andere
zu beherrschen, in Berufung auf alte vergilbte Papiere,
die von den „alten Grenzen" sprachen, in Berufung
auf welche man den Fortschritt der Weltgeschichte
rückgängig machen wollte.

Freilich dachten nicht so die heldenmüthigen
jungen Männer, welche in den ersten Tagen die Leitung des polnischen Aufstandes in der Hand zu
haben schienen. Aber neben ihnen tauchte immer
entschiedener das Gespenst der katholisch-könig-
lichen Partei auf, um endlich unter dem Schutze
Napoleons und der clericalen Partei in Frankreich sich der Leitung zu bemächtigen. Wie die
Dinge in dieser Beziehung standen, davon konnte
man sich auch in Italien bald einen Begriff machen,
indem Briefe aus Polen sagten: es möchten doch
keine Garibaldiner dorthin kommen, ihr Erscheinen
könnte so ausgelegt werden, als ob es der Erhebung
ihren lediglich „nationalen" Character nehme und
ihr den des „revolutionären Cosmopolitismus"
aufdrücke.

Ohne absolut dabei an die Solidarität der Völker
in der Freiheit zu denken, meinten viele Italiener,
aus jeder Revolution könne Italien Nutzen ziehen,
wo und wie sie auch auftreten möge, und es sei

daher im Interesse Italiens, jede Revolution, folglich auch die polnische zu unterstützen.

Die Wahrheit dieses Satzes ist sehr anzuzweifeln.
Italiens grösster Feind ist der Katholicismus, und
die Polen stützten sich alsbald sehr erheblich auf
den Katholicismus, im Gegensatz zu der griechischen
Kirche. Ausserdem war es nicht unwahrscheinlich,
dass gerade Oesterreich mit Frankreich in der
polnischen Angelegenheit gemeinschaftliche Sache
mache; es war dann aber allerdings sehr unwahrscheinlich, dass gerade bei dieser Gelegenheit Ve-
netien für Italien abfalle. Dennoch dachte die
Actionspartei mehrfach daran, dachte daran, den frühern Plan, der im Hintergrund der Ereignisse von
Sarnico stand, wieder aufzunehmen, — und die Anwesenheit Mazzinis zu Lugano, wo er krank im
Frühling und Sommer 1863 sich aufhielt, gab der
Turiner Regierung Anlass zu mehreren Reclamationen bei der schweizerischen Eidgenossenschaft.

Eine dritte Partei in Italien stellte die beiden
vorerwähnten Rücksichten mehr bei Seite und gedachte daran, die polnischen Angelegenheiten für die
innern Verhältnisse auszunutzen. Seit der Jagd
auf die Vereine, die unter Rattazzis Regiment
begonnen hatte, war die Actionspartei in der ihr
passenden Einwirkung auf das Volk sehr gehemmt;
die polnische Insurrection aber bot die Gelegenheit zu Volksversammlungen, bei denen man wohl
auch andere Dinge zur Sprache bringen konnte, als
nur die polnische Insurrection.

Das Resultat von dem Allem war, dass seit dem

Februar 1863 durch ganz Italien in allen grösseren
Städten Aufforderungen ergingen zu Polenmeetings,
Volksversammlungen, in denen Resolutionen über die
Stellung Italiens zur polnischen Insurrection gefasst,
die Mittel berathen werden sollten, Geld, Leute, Waffen für Polen zu beschaffen, und dieselben dorthin
zu befördern. Diese Meetings, in denen auch die
brennenden Fragen Italiens selbst, bald nur neben-
bei, bald gerade als Hauptsache hervortretend be-
sprochen wurden, wurden von den Regierungsbehör-
den hier geradezu verboten, dort beschränkt, dort
zugelassen, und ob das Eine oder das Andere der
Fall war, hing keineswegs nur von der verschiedenen
Art ab, wie die verschiedenen Präfecten über die
Sache dachten.

Genua ging voran, wie so oft. Hier schrieb
Bertani im Verein mit mehreren Freunden eine Versammlung in einer Privatwohnung, demselben Ge-
bäude, in welchem das Bureau der Befreiungsgesellschaft seinen Sitz gehabt hatte, am Platze Grillo
Cataneo, auf den 5. Februar aus. Der Präfect Gualterio liess das Blatt des Movimento, in welchem die
Aufforderung stand, confisciren und hinderte die Versammlung mit Verletzung des Hausrechts, und ohne
die Grundlage eines richterlichen Befehls. Später
dagegen aber wurden Meetings für Polen zu Florenz,
Neapel, Mailand, Palermo und in vielen anderen
Städten des Reiches abgehalten, ohne im Geringsten
gestört zu werden.

Stellung der Regierung zur Polenfrage. Instructionen an Pepoli.

Die Regierung des Königreichs Italien war in den besten Verhältnissen zur russischen. Der neue russische ordentliche Gesandte, Graf Stackelberg, hatte schon am 19. September 1862 dem König Victor Emanuel seine Creditive überreicht. Sollte nun die italienische Regierung es dulden, dass das ialienische Volk sich für eine Russland feindliche Insurrection aussprach? sollte sie vielleicht gar die Dinge soweit kommen lassen, dass sie schliesslich selbst in eine Strömung mit fortgerissen wurde, die ihr nicht im mindesten behagen konnte? Ausserdem, wie dachte der hochherzige Alliirte darüber?

Ehe dieser sich ausgesprochen hatte, verhielt sich die italienische Regierung der Polenbewegung im eigenen Lande gegenüber feindselig; sobald er aber gezeigt hatte, dass die polnische Insurrection, wie ihm nicht unerwartet, so auch nicht ungelegen komme, als er zu verstehen gegeben, dass man nicht nothwendig habe, Russland direct feindlich gegenüberzutreten, wenn man auch die polnische Sache unterstütze, dass diese letztere der Keim zu ganz nützlichen Verwicklungen werden könne, da zog anch die Turiner Regierung andere Saiten in Bezug auf die Meetings auf, und wenn von den Truppencommandanten in den Städten, wo die Meetings stattfanden, nicht unterlassen ward, die Truppen in den Casernen zu consigniren, so wurden doch die Meetings selbst jetzt eine Zeit lang nicht gehindert.

In der Deputirtenkammer kam die polnische Angelegenheit zum ersten Mal am 9. Februar zur Sprache durch eine Interpellation Petruccellis della Gattina, welcher nach dem Verhalten der Regierung zu dieser Sache fragte. Pasolini bat Petruccelli, er möge seine Interpellation zurückziehen, da Alles, was man von der polnischen Bewegung bis jetzt wisse, noch viel zu unsicher und unbestimmt sei. Es entspann sich nun eine längere Discussion, in welcher Crispi bemerkte, dass wenn die Regierung in dieser Sache eine reine und freie Politik nicht befolgen könne wegen ihrer Verpflichtungen gegen Russland, sie wenigstens das italienische Volk, welches nicht derartig gebunden sei, nicht hindern solle, sich frei auszusprechen. Brofferio wollte, dass die Kammer, wenn sie sonst nichts thun könne, den Polen doch einen brüderlichen Gruss senden möge. Petruccelli betonte, dass er von dem Minister des Auswärtigen gar keine Aufklärung über Thatsachen verlange, sondern nur eine Erklärung der Principien, nach welchen die Regierung handeln würde. Diese Principienerklärung könne auch jetzt gegeben werden; nichts stehe dem im Wege. Die Kammer indessen fand, dass die Sache verfrüht vor sie gebracht werde, und beschloss auf Lanzas Antrag die einfache Tagesordnung.

Am 8. März richtete Pasolini eine Note an den Marchese Pepoli, der Ende Februar als italienischer Gesandter nach Petersburg gegangen war, unterwegs

aber längere Zeit in Berlin blieb. Seine erste
Sorge liess er es in dieser Note sein, die italienische Regierung bei der russischen gewissermassen zu entschuldigen, dass sie die Polenmeetings geduldet habe; er rief Stackelberg zum
Zeugen dafür an, dass bei diesen Meetings alles mit
vollkommenster Ordnung zugegángen sei. Dann
sprach er den Wunsch und auch die Hoffnung aus,
dass der Kaiser Alexander mit einem hochherzigen
Acte die in Polen vorgekommenen Schreckensscenen
werde vergessen machen. Die Italiener, sagte er,
erinnerten sich zu sehr dessen, was sie hätten erdulden müssen, bevor sie sich unter Victor Emanuels Scepter vereinigen konnten, als dass sie nicht
tief bewegt sein sollten von dem, was sich jetzt
in Polen ereigne.

Bald darauf liess die englische Regierung der
italienischen die von ersterer an Russlands Addresse
gerichtete Note vom 2. März mittheilen, in welcher
wesentlich die Erfüllung der Bestimmungen von 1815
in Bezug auf Polen verlangt ward, und forderte das
Turiner Cabinet auf, sich in ähnlicher Weise auszusprechen. Das Zurückkommen auf die Verträge
von 1815 musste natürlicher Weise dem Turiner
Cabinet kitzlich vorkommen. Pasolini verhehlte
das dem englischen Gesandten, Sir Hudson, auch
keinen Augenblick und machte ihm begreiflich, wie
zumal einer Regierung gegenüber, die sich so freund-
schaftlich gegen Italien benommen, als Russland
mit seiner Anerkennung, Italien es habe vorziehen
müssen, nur an die Principien der Gerechtig-

keit und Menschlichkeit zu appelliren. Im
Uebrigen zeigte er seine Note vom 8. März vor.

Die Polenfrage vor der Deputirtenkammer.

Unterdessen waren von verschiedenen Polenmeetings Petitionen an das Parlament gerichtet
worden, durch welche dieses aufgefordert ward, sich
für Polen zu erklären, und das Ministerium in die
gleiche Richtung zu treiben. Die Forderungen dieser
Petitionen waren bald schärfer, bald milder. Am 13.
März verlangte Brofferio, dass diese Petitionen
für dringend erklärt würden, und sie wurden an eine
Commission gewiesen.

Am 26. März kam die Sache zur Verhandlung.
Der Berichterstatter der Commission, Ballanti, schloss
mit dem Antrage auf Tagesordnung, indem die Petitionen in Bezug auf Polen dem Minister des Auswärtigen übergeben würden, und die Kammer das
Vertrauen ausspreche, die Regierung werde die zweck-
dienlichen Unterhandlungen zu Gunsten Polens
nicht unterlassen.

Kaum hatte Ballanti seinen Vortrag geendet,
als der Minister der auswärtigen Angelegenheiten, Visconti, sich erhob, um die Regierung
zu vertreten, und bei dieser Gelegenheit zugleich
seinen Maiden-speech zu halten. Er ergreife, sagte
er, sogleich und ohne die weiteren Reden abzuwarten, das Wort in der Hoffnung, die Discussion zu
vereinfachen. Diplomatische Verhandlungen seien
von mehreren Seiten im Gange; die polnische Frage
sei als Ganzes eine sehr umfassende. Hier aber

scheine es nur auf die Fragen anzukommen: welches
kann und soll die Haltung der italienischen
Politik sein, welches das Verfahren der königlichen
Regierung? Von diesem Gesichtspunkte aus könne
er den Antrag der Commission annehmen.
Die Regierung habe von Anfang an ohne
fremde Inspiration gehandelt, Pepoli habe aus-
reichende Instructionen, seine Stimme zu Gunsten
Polens zu erheben, erhalten. Dass Italien allein,
überhaupt eine Macht allein in der polnischen
Angelegenheit nichts vermöge, sei klar, und es sei
daher nothwendig gewesen, dass Italien mit den andern Mächten, namentlich aber mit Frankreich und
England sich darüber in Verbindung setzte. In
dieser Beziehung sei insbesondere England ent-
gegengekommen; wenn auch Italien sich diesem in
seinem Verlangen, dass schnurstracks die Verträge
von 1815 erfüllt würden, nicht wohl habe anschliessen können, sei es dem befreundeten Inselreich doch
dankbar für die Art, in welcher dasselbe auch in
dieser Frage Italien den Eintritt in das europäische
Concert erleichtert habe. Eine Regierung, welche
wie die italienische, auf dem Volkswillen beruhe,
könne unmöglich sich den Aeusserungen des Volkswillens verschliessen. Aber er, der Redner, glaube,
dass kein Deputirter, welcher Richtung immer er
angehören möge, von der Regierung in der polnischen
Angelegenheit eine offenere und thätigere Politik
verlangen könne als die von ihr befolgte, wenn er
nicht verlangen wolle, dass die Regierung die
Interessen Italiens compromittire. Die Re-

gierung könne sich nicht von England und Frankreich trennen. Ihre Devise werde auch in der vorliegenden Frage diese sein: Immer unabhängig, niemals isolirt!

Die Redner der Linken hoben insbesondere hervor, dass Polen nicht mit Worten gedient sei, sondern nur mit Thaten. Indessen, wenn sie genauer hätten angeben sollen, in welcher Art das gegenwärtige Italien Polen hätte mit Thaten zu Hülfe kommen sollen, würden sie wohl in einige Verlegenheit gekommen sein. Und das revolutionäre Italien? Wir glauben, es wird von seiner idealen Schwärmerei für die Solidarität der Völker noch gründlich zurückkommen. Das ist ein Begriff, den zuerst die grossen und civilisirten Nationen völlig in sich aufnehmen und entwickeln müssen. Wie wenig die secundären Nationen auch nur fähig sind, ihn vorerst zu verstehen, Garibaldi während des Aspromontezuges hatte Gelegenheit, es aus den Antworten zu ersehen, die Klapka und Kossuth auf seinen Aufruf an Ungarn von sich gaben. Aehnliches ereignete sich bereits jetzt von polnischer Seite. Es war gar nicht anders möglich, als dass die Kammer den Vorschlag der Commission, am 27. März, mit einer an Einstimmigkeit grenzenden Mehrheit annahm. Bemerken müssen wir doch aus der Discussion, dass Ferrari einen grossen Sturm in der Kammer hervorrief, als er die Schlachten von Magenta und Solferino nicht italienische, sondern französische nannte. Er gab dadurch dem Präsidenten Tecchio Veranlassung zu einigen enthusiastischen

Behauptungen, deren historische Begründung hier zu untersuchen nicht der Ort ist. Als Ferrafi sagte, dass ohne die Franzosen 1859 die Oesterreicher nach Turin kommen konnten, behauptete Tecchio, dass in solchem Fall die Bürger von Turin mit Cavour an der Spitze, ausgerückt sein würden, um die Oesterreicher siegreich zurückzuschlagen. Wer's glaubt, wird selig!

Auftreten der Regierung gegen die Polenmeetings. Die Note vom 23. April und Gortschakoffs Antwort.

Kaum hatte das Ministerium die Tagesordnung vom 27. März in der Tasche, als es glaubte, dass es nun mit den Meetings genug sei, bei denen hin und wieder etwas freier gesprochen worden war (nicht blos über Polen), als ihm lieb sein konnte. Die Regierung wollte die Direction der Angelegenheiten in ihrer Hand behalten, laut dem Kammerbeschluss, und sich nicht von Volksversammlungen drängen lassen. Durch Depesche vom 2. April wies daher Peruzzi, der Minister des Innern, die Präfecten an, mit der grössten Energie gegen alle öffentlichen Volksversammlungen zu verfahren, welche die öffentliche Sicherheit im Innern und nach Aussen irgend einer Gefahr aussetzen könnten. Jedenfalls war die Vollmacht eine weite, und jeder Präfect, welcher Volksversammlungen und Aeusserungen des Volkswillens nicht liebte, konnte jede Volksversammlung verhindern, welches immer ihr Zweck und ihre Haltung sein mochte, und sich dabei für vollständig autorisirt erachten.

In Folge der Mittheilungen Hudsons, hatte Pasolini an Nigra nach Paris geschrieben, dass die italienische Regierung nicht abgeneigt sei, sich diplomatischen Schritten Englands und Frankreichs, welche diese zu Gunsten Polens in Petersburg zu thun gedächten, anzuschliessen. Darauf theilte Drouyn de Lhuys der italienischen Regierung die französische Note vom 10. April mit, und nun erliess Visconti-Venosta am 23. April eine Note an den Marchese Pepoli, zur Mittheilung an Gortschakoff.

Nach einigen Schmeicheleien für den Kaiser Alexander wegen der Aufhebung der Leibeigenschaft, geht Visconti-Venosta zu den polnischen Angelegenheiten über, welche ganz Europa und insbesondere auch Italien in Aufregung versetzt hätten. Der Minister folge nur den Inspirationen, welche ihm vom Parlament geworden, wenn er diese Angelegenheit auch im Namen Italiens an das Petersburger Cabinet bringe. Die Sprache der italienischen Regierung, wenn sie einerseits in Uebereinstimmung sei mit den Grundsätzen, auf denen das Königreich Italien ruhe, werde nicht weniger inspirirt sein von den Gefühlen des Wohlwollens, von denen Russland Italien die ernstesten Beweise gegeben. Die lange Reihe der von Russlands Truppen stets unterdrückten polnischen Bewegungen zeige zur Genüge, dass die militärische Ehre Russlands in dieser Sache nicht engagirt sei, sie zeige aber zu gleicher Zeit, dass die Gewalt allein in dieser Sache nicht berechtigt und ausreichend sein könne.

Wenn der Kaiser Alexander ein System adoptiren wollte, durch welches die letzten Gründe der polnischen Bewegungen beseitigt würden, würde er sich nicht blos neue Titel auf die Erkenntlichkeit Europas erwerben, er werde auch der edlen russischen Nation eine neue Aera der Grösse und des Ruhmes eröffnen.

Wenn die europäischen Mächte Russland mit solchen Betrachtungen kommen, so fordern sie Russland sicher zum Hohn und zur Ironie heraus. Denn in diesem Puncte sind sie alle nicht sauber ums Nierenstück, und Russland hat vielleicht im Gegentheil dies vor den andern voraus, dass es seine Niederträchtigkeiten wenigstens nicht mit infamen Redensarten von Civilisation, Christenthum und ähnlichen Dingen zu verkleistern pflegt.

Pepoli theilte am 30. April Viscontis Note vom 23. dem Fürsten Gortschakoff mit. Er hielt es für nothwendig, dem Fürsten Gortschakoff entschuldigend zu sagen, dass Italien, obwohl von den Mächten anerkannt, doch immerhin aus der Revolution hervorgegangen sei und daher bei der Sprache, die es in den Unterhaltungen über Polen führe, diesen Ursprung nicht gänzlich verläugnen könne.

Gortschakoff, höflich unterbrechend, fand dies ganz natürlich und versicherte, dass Russland gar nichts dagegen haben werde, so lange nur Italien nicht etwa daran denke, die Revolution als Importartikel zu behandeln, den es in andere Länder ausführe; bei der Anerkennungsfrage sei ja dies Alles abgemacht worden.

Pepoli verwahrte das Königreich Italien gegen
etwaige meuchelmörderische Absichten dieser Art,
die ihm untergelegt werden könnten, murmelte dabei
aber ungeschickter Weise etwas von Nationalität
und so weiter, was sich unter Umständen ganz gut
anhören kann, aber dem Fürsten Gortschakoff
nicht ausserordentlich gefiel, so dass er sich veranlasst fand, darauf aufmerksam zu machen, wie dies
etwas ganz Neues sei, da weder Oesterreich,
noch England, noch Frankreich auf dem Natio-
nalitätsprincip herumritten. Pepoli entschuldigte
sich mit dem allgemein in Europa herrschenden
Nationalitätsfieber, und Gortschakoff versicherte
ihm, dass er die Befehle des Kaisers Alexander ein-
holen werde.

Dieses hatte er wohl kaum nöthig; in der That
liess er auch schon am 1. Mai seine Antworts-
note an Stackelberg nach Turin abgehen. Der
Kaiser Alexander, sagte er, sei sehr erfreut gewesen
über die freundlichen und anerkennenden Versicherungen des Turiner Cabinets. In Sachen der Revolution müsse dieses einige Erfahrung haben und
daher auch wissen, dass einer Regierung, welche der
Revolution gegenüberstehe, ihre Aufgabe insbesondere dadurch erschwert werde, dass die Revolution beständig Nahrung von aussen her
erhalte. Der Kaiser von Russland habe mindestens
ein ebenso grosses Interesse an der Beruhigung Polens, als ganz Europa. Wenn Visconti-
Venosta einen so ungemeinen Respect vor den Principien habe, auf denen das Königreich Italien beruhe,

und vor der öffentlichen Meinung, die sich in ihm ausspreche, so würde er wohl auch begreifen, dass der Kaiser Alexander einigen Respect vor den Principien habe, auf denen das russische Reich beruhe. Im Uebrigen habe das Manifest des Kaisers Alexander vom 31. März, aller Welt die wohlwollenden Absichten kund gethan, welche der Kaiser für Polen habe.

Visconti-Venosta theilte seine Note vom 23. April den Cabinetten von Paris und von London mit. Am 11. Mai erhielt er die Antwort Gortschakoffs durch Stackelberg, welcher ihm gleichzeitig die Antworten auf die französische und englische Note mittheilte. Visconti-Venosta beschränkte sich nun vorerst darauf, am 12. Mai von allem Dem Nachricht an Pepoli zu geben, indem er zugleich hinzufügte, dass das Manifest vom 31. März schwerlich genügen werde, den Uebeln und Leiden Polens ein Ende zu machen.

Die Interpellation Macchi. Der Tod Nullos. Wechsel des preussischen Gesandten in Turin..

Durch die Wuth des Präfecten Gualterio gegen die Polenmeetings, welcher zuerst ein solches auf der Acquasola auflöste, als man dort an das Einsammeln von Geld für Polen gehen wollte, welcher dann eine andere Polenversammlung in San Pier d'Arena präventiv unmöglich machte, kam die Angelegenheit am 30. April noch einmal an das Parlament. Macchi interpellirte den Minister Peruzzi wegen des letztern Falls. Peruzzi bestritt zum

Theil die Thatsachen, wie sie von Macchi und Saffi hingestellt wurden, nahm übrigens Gualterio in Schutz, und sprach es aus, dass er sich allerdings zum Einschreiten gegen die Meetings veranlasst finde, seit dieselben theils sich in offener Feindseligkeit gegen ein befreundetes Gouvernement ergingen, theils nur zum Vorwande dienten, um die Institutionen des Königreichs zu beschimpfen.

Neben mehreren Tagesordnungen wurde von Buoncompagni die folgende gestellt: „Die Kammer, indem sie das Verfahren der Regierung in der Angelegenheit billigt, welche Gegenstand der Interpellation ist, geht zur Tagesordnung über."

Von 203 anwesenden Deputirten enthielten sich bei dem verlangten Namensaufruf 10 der Abstimmung, 43 stimmten gegen, und 150 für die Tagesordnung Buoncompagni.

Trotz mancher Abmahnungen gingen doch mehrere Garibaldiner nach Polen, unter ihnen der tapfere Oberstlieutenant Nullo, einer dieser Edeln, welche den Kampf für die Freiheit zu ihrem Lebensberufe gemacht haben. Er fiel in einem unbedeutenden Gefechte am 4. Mai 1863, nachdem er erst zwei Tage vorher den polnischen Boden betreten, mit Recht von seinen Landsleuten und seinen Waffengefährten betrauert und verherrlicht.

Da wir hier von den polnischen Dingen gehandelt haben, Preussen in dieser Angelegenheit, wie schon seit lange diplomatisch, insbesondere in Rom, so seit der Convention vom 8. Februar nun auch militärisch

mit Russland zusammenging, so mag es uns erlaubt sein hier einzuschalten, dass Ende December
der preussische Gesandte, Graf Brassier de St.
Simon, von Turin abberufen ward. Wir haben denselben als einen Italien freundlich gesinnten Mann
kennen gelernt; als solcher gefiel er natürlich König
Wilhelm I. nicht, dem es schon sehr leid that, dass
er Italien anerkannt hatte. Es kam ein kleiner
Umstand hinzu, der Brassier vollends missliebig
machte. Der Kronprinz von Preussen, in Berlin
unter dem Namen des hohen Wöchners bekannt,
hatte sich 1862 lange Zeit in Italien aufgehalten.
In Rom gefiel er sich sehr gut, und ebenso später
auf der Rückreise in Venedig bei den Oesterreichern.
Dagegen war er den Höflichkeiten der königlichen
Familie von Italien, und insbesondere des Kron-
prinzen Humbert in geradezu unartiger Weise aus
dem Wege gegangen. In Turin erweckte dies natürlich Empfindlichkeit, und Brassier berichtete darüber, ohne zu verhehlen, dass er dieselbe für berechtigt halte. Dies machte seiner Gesandtschaft ein Ende.

Zuerst hiess es nun, Brassier de St. Simon solle
durch den Generallieutenant Willisen, frühern Generaladjutanten des Königs Friedrich Wilhelm IV., jetzt
des Königs Wilhelm in Turin, ersetzt werden. Dies
machte in Italien sehr böses Blut. Man verwechselte
nämlich den Generaladjutanten mit seinem Bruder,
dem Obercommandanten der schleswig-hol-
steinischen Armee im Jahre 1850 und von diesem
letztern wurde in Italien — allerdings auch unrichtiger
Weise — die Geschichte herumgetragen, er sei im

Winter 1848/49 in Piemont gewesen, dort sehr freundlich empfangen worden, habe sich von allen Armee-
verhältnissen, ja selbst von den Plänen des piemontesischen Generalstabs unterrichtet und sei nachher zu
Radetzki nach der Lombardei gereist, um diesem
Alles zu verrathen. So habe er zu der Nieder-
lage von Novara mitgewirkt. In der That begleitete
der General Willisen 1848 eine Zeit lang das Hauptquartier Radetzkis, aber nicht 1849. Indessen die
Italiener sahen in dem blossen Namen Willisens,
wenn er als Gesandter nach Turin geschickt werden
sollte, eine Beleidigung, und eine Reise des Grafen
de Launay von Berlin nach Turin, ward mit der
beabsichtigten Sendung Willisens in die nächste Verbindung gebracht. Die preussische Regierung sendete
schliesslich Willisen nach Rom, nach Turin aber
einen ganz gewöhnlichen Bureaucrato-Diplomaten,
den Geheimrath von Usedom, welcher am 22.
Februar dem König Victor Emanuel seine Creditive überreichte.

IX.

Die Brigandage in den ersten fünf Monaten des Jahres 1864.

*Die Parlaments-Commission. Tod des Sergeanten von
Gioja. Verhaftung der Princessin Sciarra und Sergardis.
Geniestreich und Flucht Pilones.*

Wir haben die Geschichte der Brigandage in
ihren Hauptereignissen fortgeführt bis in den Decem-

ber 1862; wir wollen sie nun eben so zum Schlusse dieser ersten Reihe unserer Annalen für die ersten Monate des Jahres 1863 fortsetzen.

Die Parlamentscommission zur Untersuchung der Verhältnisse der Brigandage brach am 28. Januar 1863 von Neapel auf, um sich über Avellino und Ariano nach Foggia zu begeben, wo sie am 1. Februar eintraf. Sie theilte sich hier in zwei Abtheilungen: die eine von diesen besichtigte den Bezirk von Sanseverino in Capitanata, die Wälder des Fortore, den Bezirk von Latino in Molise, kehrte dann über Foggia nach Melfi und zum Walde von Monticchio zurück, und ging über Rionero und Avigliano nach Potenza; ebendahin kam die zweite Abtheilung, nachdem sie Apulien durchreist und von Tarent aus Gioja, Santeramo, Altamura, Matera, Grottole, Grassano und Trecarico bebesucht hatte. Vereint zog nun die Commission über Salerno nach Neapel zurück und ging dann an die römische Grenze, wo sie sich zwei Tage in Sora aufhielt.

Wir haben schon gesehen, wie das Erscheinen der Commission in den neapolitanischen Provinzen die Brigandage eher zu beleben schien, als dass es auf eine Abnahme derselben hingewirkt hätte.

In der Terra di Bari, wohin einige Schwadronen der Reiter von Saluzzo gesendet waren, trafen diese am 6. Januar 1863 auf die Bande des Sergeanten von Gioja zwischen diesem Orte und Cassano beim Walde von Corte Martina. Es entspann sich ein hartnäckiges Gefecht, in welchem die Räuber 25

Todte und Verwundete verloren, und in welchem auch der Sergeant Romano tapfer kämpfend fiel. Sein Tod setzte die Behörden in den Besitz einer Anzahl wichtiger Papiere, von denen sein Tagebuch nicht das uninteressanteste war. Sein Leichnam, nach Gioja geschleppt, lag mehrere Tage unbegraben in dieser Stadt. In den folgenden Tagen folgten in diesen Gegenden noch mehrere kleine Kämpfe zwischen den wieder einmal sehr kühn gewordenen Nationalgarden und den Versprengten von Cassano, welche sie hie und dort aufstöberten.

Am 9. Januar ward an der Eisenbahnstation Isoletta die verwittwete römische Prinzessin Barberini-Sciarra verhaftet. Diese Dame, welche sich seit längerer Zeit in Neapel aufhielt, hatte dort die Augen der Polizei durch zahlreiche Besuche auf sich gezogen, welche sie von alten, verdächtigen Bourbonisten empfing. Unterrichtet davon, dass sie am 9. nach Rom reisen werde, entsendete die Polizeibehörde von Neapel zwei Beamte nach Isoletta, um sie dort an der römischen Grenze in Empfang zu nehmen. Mit Durchsuchung bedroht, gab die Prinzessin ihre Schätze heraus; es war eine reiche Ausbeute von zum Theil in Chiffern, die man glücklich dechiffrirte, geschriebenen Briefen, welche dem Zusammenhang zwischen Franz II. und dem bourbonistischen Comité zu Neapel auf die Spur brachten, Aufklärungen über die Organisation der geheimen Comités und die Veranlassung zu noch weiteren Verhaftungen gaben, zunächst des greisen blinden Ritters Quattromani, von welchem die Prinzessin das

Briefpaket erhalten haben wollte, ohne den Inhalt desselben zu kennen. Je mehr der Untersuchungsrichter vordrang, desto mehr complicirte sich der Process, welcher erst in einer spätern Zeit zur Entscheidung kommen sollte.

Ende Februar ward dann auch der ehemalige neapolitanische General Sergardi verhaftet, welcher der Hauptvermittler zwischen Franz II. und Pilone war.

Dieser letztere Räuberhauptmann hatte in letzterer Zeit die Augen aller Welt durch einen Geniestreich auf sich gezogen, der in seltener Weise von sich reden machte.

Der Marquis Avitabile, Director der Bank von Neapel, befand sich auf seinem Landgute zu Torre del Greco; am Morgen des 30. Januar stieg er mit seinem Verwalter an den Höhen des Vesuv hinauf, um auf die Jagd zu gehen. Er war noch nicht weit gekommen, als die Beiden plötzlich von einer Zahl Bewaffneter umringt wurden, welche ihnen ankündigten, dass sie Gefangene seien und ohne Widerstand zum Ritter Pilone folgen sollten. Sie thaten das und trafen bald auf Pilone, der mit der grössten Höflichkeit erklärte, dass er nur ein Lösegeld verlange. Das königliche (bourbonistische) Comité von Portici sei in Verlegenheit, und er, Pilone sei vom Könige Franz II. angewiesen, sich zur Bezahlung seiner Leute auf diese Art zu helfen. Darüber wies sich Pilone mit schriftlichen Befehlen aus, die er von Rom erhalten, zeigte dabei auch nicht ohne Stolz seine Brevets und seine Orden vor. Man handelte über das Lösegeld, und die Sache stellte sich schliesslich auf 20,000 Ducaten (85,000 Francs). Als Avitabile dazu eine sehr saure Miene machte, bedeuteten ihm die Räuber: wenn es auch wohl etwas viel sei, so würde er dafür auch den Vortheil geniessen, unter dem Schutz des Ritters Pilone zu stehen, was ihm bei der bevorstehenden Rückkehr Franz des II. sehr zu Statten kommen werde. Pilone fügte hinzu, dass er keine Zeit habe, sich sehr lange auf diesen Puncten aufzuhalten, das Lösegeld müsse schnell herbeigeschafft werden. Es ward denn vom Secretär Pilones in aller Form der Brandbrief ausgefertigt und der Verwalter Avitabiles damit nach Neapel geschickt. Hier trommelte er die ganze Verwandtschaft und Freundschaft zusammen, und binnen kurzer Zeit war die Summe beisammen, obwohl es manche saure Miene kostete. Nach deren Ablieferung ward Avitabile, der beständig mit der äussersten Zuvorkommenheit behandelt war, auch als eine Bersaglieripatrouille sich in der Nähe zeigte, und er sein letztes Stündlein gekommen glaubte, von Pilone die Versicherung erhielt, dass diese „Spitzbuben" ihm nichts thun würden, da er seine Massregeln als guter General getroffen habe — sogleich entlassen.

Wir haben nach der eigenen Deposition Avitabiles erzählt, die derselbe bei den Gerichten machte, indem er — Klage gegen Pilone erhob. Im Publicum liefen höchst sonderbare Gerüchte um, gegen die Avitabile sogar sich veranlasst fand, in den öffentlichen Blättern zu protestiren. So wollten einige wissen, dass Avitabile näher mit der Frau des Ver-

walters bekannt gewesen sei, der ihn auf die Jagd
begleitete, als diesem lieb war, und dass der Verwalter sich mit Pilone in Verbindung gesetzt habe,
um wenigstens eine Vergütung für die Duldung dieses
ländlichen Zeitvertreibs des Marchese zu erhalten.
Und so Mehreres. Die characteristischste Version
aber, welche deutlich zeigt, wie das niedere neapolitanische Volk von den hohen Würdenträgern des
Staats und seinen hohen Beamten denkt, eine Version, an welche vielleicht halb Neapel glaubte, war
folgende: Avitabile habe nothwendig Geld gebraucht, welches er unter gewöhnlichen Umständen
von seiner Freundschaft nicht habe erlangen können,
aber wohl, wenn seine Person in Gefahr kam, da an
dieser verschiedene Interessen hingen. Er habe
deshalb selbst mit Pilone Unterhandlungen ange-
knüpft, um sich von diesem fangen zu lassen.

Die Sache machte in Neapel, wie erwähnt, das
grösste Aufsehen, und die Polizei in Neapel und
die Truppen draussen wurden in eine ganz ausser-
gewöhnliche Bewegung gesetzt. In Neapel führte
dies zur Verhaftung Sergardis und seiner Complicen,
die wir erwähnt haben; draussen zu einem für Pilone
verderblichen Gefecht. Von den Truppen in der
Taverna della Marchesa, am Südostfuss des Vesuv,
nahe bei Poggio Marino aufgestöbert, floh er, nachdem er drei Mann verloren, zuerst in die Ebene von
Scáfati, dann gegen Angri und wendete sich von
da in die Berge von Gragnano. Aber seine Bande
zerstreute sich fast ganz. Das Gefecht, oder wie
man es nennen will, war am 28. Februar vorge-

kommen. Von Rom aus hatte der Ritter Pilone
mehrmals Einladungen erhalten, seine Frau Gemahlin
dorthin zu schaffen, um sie in Sicherheit zu bringen.
Jetzt beschloss er, die liebe Ehehälfte im Stich lassend, persönlich mit den wenigen Spiessgesellen, die
ihm geblieben, der Einladung Folge zu leisten und
sich unter die Fittige des heiligen Vaters zu begeben.
Er bewerkstelligte dies auf dem Landwege und über-
schritt in den ersten Tagen des März schon die
römische Grenze in der Gegend von Terracina, wo
sein franciscanischer Pass regelrecht visirt ward. Er
fand eine Zuflucht in der Meierei Conca, zwischen
Porto d'Anzio und der Appischen Strasse, einem
der Orte, welche noch das mittelalterliche Asylrecht haben. Während seiner Anwesenheit kam
daselbst ein Doppelmord vor, nicht von ihm, aber
aller Wahrscheinlichkeit nach unter Mithülfe seiner
Spiessgesellen begangen.

Montebello, gerade in dieser Zeit durch seine
letzten Gespräche mit Odo Russel sehr aufgeregt,
gegen den er sich vermessen hatte, dass unter seiner
Herrschaft die Brigandage gar nicht mehr aufkommen
könne, beschloss, französische Truppen und Gensdarmen dorthin zu senden. Aber ehe diese ankamen,
hatten bereits päpstliche Gensdarmen Pilone und
die Seinen in einer Scheune unter Stroh verborgen.
Die Franzosen hatten Achtung vor den Gesandten
Pius des IX., durchsuchten die von ihnen besetzte
Scheune nicht, und als sie abgezogen waren, brachten die Papaliner die verbündete Räuberbande nach

Rom, vielmehr in vollständige Sicherheit als in das Gefängniss.

Ninco-Nanco und Schiavone.

An einzelnen Orten glaubten die Behörden, mit den Briganden in Verhandlungen treten zu können, wobei sie ihnen Straflosigkeit versprachen, sei es nun, dass sie glaubten dies zu dürfen, sei es, dass sie Hintergedanken dabei hatten, und in einer oder der andern Weise sich Verdienste erwerben wollten. So wechselte der Polizeicommissar von Avigliano, Constantin Palusella, Briefe mit Ninco-Nanco; der letztere unterzeichnete sich in den seinigen beständig: Der Oberst Giuseppe Nicola Somma, alias Ninco-Nanco. Endlich bestellte Ninco-Nanco zu entscheidender Verhandlung Palusella an den Wald von Lagopesole, an den Passo del Merlo. Palusella ging mit dem Hauptmann Capoduro vom 13. Regiment, einem Sergeanten, drei Soldaten desselben Regiments und einem Führer aus der Gegend. Diese sieben Menschen, bis auf einen Soldaten, wurden während der Verhandlungen erschlagen und zum Theil verstümmelt, am 13. Januar 1863. Als sie nicht nach Avigliano zurückkamen, sendete man Patrouillen aus, und diese fanden sechs Leichname. Die Truppe, vereint mit Nationalgarden zu Pferd, machte nun Jagd auf die Briganden, und am 1. Februar gelang es ihr wirklich, am Walde von Lagopesole zum Gefecht mit den Räubern zu kommen. Diese erlitten Verluste, aber ohne dass im Mindesten hätte behauptet werden können, das Räubernest sei ausgenommen.

In Folge des Schreckens übrigens, den der Name
Ninco-Nanco allmälig in der Gegend verbreitet,
hatte er das zweideutige Glück, dass auch andere
und zwar sehr heilige Personen auf seinen Namen
zu brandschatzen versuchten. So wollte im Februar
der Prior des Klosters von Conza, wo der grosse
Appenninentunnel der Eisenbahn von Foggia nach
Eboli ausgeführt wird, durch einen Zwischenhändler
einem Eisenbahnbaubeamten 2000 Ducaten abpressen,
kam aber sehr schlecht dabei weg, und wurde selbst
abgefasst.

Im Beneventanischen trieb im Februar Schiavone sein Wesen, der sich bei Paduli am Calore
festgesetzt hatte, und zwar so arg, dass am 26. Februar Lamarmora selbst sich von Neapel, wo Ende
Januar, um einige Zeit dort Hof zu halten, die Her-
zogin von Genua angekommen war, nach Benevent aufmachte. Am 20. Februar lieferte Schiavone
an der Spitze von 60 berittenen Räubern einer
Patrouille von Nationalgarden und Carabinieren ein
Treffen, und tödtete ihr sieben Mann. Am 24. griff
er westlich von Benevent in einer Ebene am Aus-
gang der caudinischen Pässe eine Patrouille von
14 Infanteristen unter dem Lieutenant Lauri, an. Der
Officier und 9 Mann blieben auf dem Platze, nur fünf
Mann entkamen. Auf diese Nachricht war es, dass
Lamarmora am 26. mit zwei Schwadronen Lan-
ciers von Mailand (es ist das Regiment Lancieri
di Milano gemeint), nach Benevent aufbrach. Die
Räuber indessen wichen ihm aus. Nur am 28. kam
es noch zu einem unbedeutenden Zusammenstoss.

Schiavone zog sich vorläufig in andere Gegenden und Lamarmora kehrte am 3. März nach Neapel zurück.

Niederlagen und Verluste der Reiter von Saluzzo in Basilicata und Terra di Bari.

Ein für die italienische Armee höchst unglückliches Ereigniss trug sich am 12. März zu. Am Vormittag dieses Tages brach ein Hauptmann der Reiter von Saluzzo mit dem grössten Theil seiner Schwadron von Melfi auf, um sich nach Venosa zu begeben, wo er Standquartier nehmen sollte. Ein Zug der Schwadron unter dem Lieutenant Bianchi, sollte in Melfi zurückbleiben. Die nach Venosa bestimmten Reiter marschirten zuerst nordwärts über die Höhe Montanaro. Bei der Madonna del Macero, kaum eine halbe deutsche Meile von Melfi angekommen, erfuhr der Hauptmann, dass eine starke Brigandenbande nordwärts in den Bergen bei dem Hofe Catapane stehe. Er hielt es daher für gut, den Lieutenant Bianchi mit seinem Zuge herbeizurufen, um sich von diesem ein Stück das Geleit geben zu lassen. Bianchi kam mit 20 Reitern und sie setzten nun gemeinschaftlich den Marsch bis an die Oliventobrücke, bei der Taverna di Rendinara fort. Von hier ab zog der Hauptmann nach Venosa weiter und Bianchi mit seinem Zug sollte nach dem 1¹/₂ deutsche Meilen entfernten Melfi zurückkehren. Er that dies aber nicht, sondern wollte bei der Gelegenheit eine Recognoscirung vornehmen, vielleicht gedachte er auch Gelegenheit zu einem glücklichen Streich zu erhalten. Kurz er wendete sich statt süd-

westwärts gegen Melfi, vielmehr nordwestwärts
gegen den Ofanto hin, und verlangte in der Meierei
Minelecchia einen Führer nach dem Hof Catapane, den er auch erhielt. Er bewegte sich nun
über den Nordabhang des Monte Carbone und den
Hof Manna gegen den Hof Catapane. Die Räuber,
unter Führung Croccos und Coppas, und an der
Zahl etwa hundert, von der Annäherung Bianchis
unterrichtet, besetzten mit einem Theil ihrer Leute
die Hecken und Zäune um den Hof und behielten den
Rest verdeckt und zu Pferd in Reserve.

Die drei Mann, welche Bianchi als Spitze vor-
aufgesendet hatte, sahen kaum die Gewehrläufe hinter
den Hecken blinken, als sie auch schon getroffen
von den Pferden fielen, nun brach Coppa mit der
Reserve hervor und umringte die noch übrigen 18
Mann; diese bestürzt, flohen nach verschiedenen
Seiten auseinander; vergebens suchte sie Bianchi
zusammenzuhalten. Der Führer blieb sogleich zum
Tode getroffen auf dem Platz. Jeder Reiter ward
von mehreren Räubern verfolgt, die ganze Bande war
alsbald aufgesessen. Die meisten Reiter flohen in
die offene Gegend, nordwestwärts gegen den Camor-
dabach hin; aber da dessen Ufer durch Regen an-
gesumpft waren, kamen sie hier schlecht weiter;
die leichten, gewandten apulischen Pferde der Räuber
erwiesen sich denen der Reiter von Saluzzo auf
dem weichen Boden überlegen, selbst demjenigen
Bianchis. Die Räuber kamen den Reitern überall
zuvor, Bianchi blieb mit 14 seiner Leute und dem
Führer auf dem Platze, nur sechs Mann entkamen.

in verschiedenen Richtungen nach Lavello, Venosa, Melfi und der Meierei Minelecchia. Sechszehn Pferde waren theils verloren, theils in die Hände der Räuber gefallen.

Einen andern schmerzlichen Verlust erlitten die Reiter von Saluzzo bald darauf in der Terra di Bari. Am 20. März brach der Major Fantini vom 9. Infanterieregiment, auf die Kunde, dass die Bande Caruso die Nacht im Weiler Garignone, südöstlich Spinazzola, gewesen sei, mit einer Compagnie Infanterie und einem Zug Reiter von Saluzzo unter dem Lieutenant Pizzagalli von Altamura dorthin auf. Bei Garignone erfuhr Fantini, dass die Räuber nach den Höhen ostwärts — in dieser Gegend Murghie genannt — aufgebrochen seien, er marschirte jetzt nordostwärts nach dem Hofe Franchini, um den Räubern wo möglich den weiteren Weg in die Terra di Bari abzuschneiden, und liess beim Hofe Franchini, der um 1 Uhr Nachmittags erreicht war, füttern und abkochen. Man war dabei, als die Schildwachen die Annäherung der Räuber verkündeten. Fantini liess aufsitzen und ins Gewehr treten. Die Räuber aber wichen nordwärts in das Thal der tiefen Scheide (Lama cupa) aus. Pizzagalli musste ihnen folgen. Er holte die letzten ein, erlegte ihnen sechs Mann und befreite aus ihren Händen einen reichen Grundbesitzer von Corato, Pasquale Patrono, den sie erst am Morgen abgefangen hatten, und von dem sie 12,750 Fr. (3000 Ducaten) Lösegeld verlangten. Bei der Fortsetzung der Verfolgung aber fiel Piz-

zagalli in einen Hinterhalt, er selbst und zwei
Reiter wurden getödtet, ebenso das Pferd des Unter-
lieutenants Moroni, drei Mann verwundet. Die
Räuber entkamen.

Die Bandenchefs Pio nono, Schiavone und Tardio.

Ueberall wohl erlitten die Briganden einzelne
Verluste von der Truppe; aber sie vergalten es dieser
redlich. Und weit entfernt, dass die Brigandage er-
stickt worden wäre, wie es die Zeitungen stereotyp
alle Monat einmal verkündeten, und was wirklich
zuviel verlangt wäre, da dies Resultat erst im Laufe
der Zeit erreicht werden kann, weit entfernt davon,
wurden die Briganden nicht einmal auf längere
Zeit so eingeschüchtert, dass sie sich etwas
in Acht genommen hätten. Immer wohl unterrichtet
von den Truppenbewegungen, viel besser als die
Truppen von den Bewegungen der Briganden, zogen
diese sich immer rechtzeitig in eine andere Gegend,
wenn es ihnen in der einen zu heiss zu werden
drohte.

Als Lamarmora Ende Februar und Anfangs März
mehrere Colonnen gegen das Benevent concentrirte,
räumte Schiavone diese Provinz und wich an die
Grenzen der drei Provinzen Capitanata, Basilicata und Principato ulteriore aus, wo er nun sein
Wesen zwischen der Gegend von Ariano und derjenigen von Calitri und Teora trieb. Der Banden-
chef Pio Nono, der im März um Ariano, Greci und
Savignano hausete, war zwar schon im Anfange
dieses Monats gefangen und füsilirt worden, indessen

die Reste seiner Bande schlossen sich alsbald an Schiavone an, der ihn ersetzte und mit dem nun Anfangs April besonders der Major Brero mit seinem Bataillon des 33. Regiments um Monteleone d'Ariano zu thun hatte. Später wurde auch eine Abtheilung Husaren von Piacenza in diese Gegend gesendet.

Schiavone zog sich darauf in den Wald von Castiglione, wo er seine Bande mit andern vereinigte. Am 8. Mai hatte er seine Vorposten bis ganz nahe an Calitri, auf die Meiereien Nicolais und Vitamore vorgeschoben. Am 9. Mai griff ihn der Major Brero mit 2 Compagnieen Infanterie und 42 Husaren von Calitri an. Aber trotz, oder wegen der complicirten Manöver, welche dieser Officier angeordnet hatte, geschah den Räubern sehr wenig Schaden. Die Truppe hatte acht Todte und sechs Verwundete.

In der Provinz Salerno regierte der Rechtsstudent Joseph Tardio, ein Bursche von 25 Jahren, der nach Rom gepilgert war, um sich dort von Franz II. zum Hauptmann ernennen zu lassen, dann in seiner Heimat eine Räuberbande zu organisiren und mit dieser die Gegend unsicher zu machen. Kleinere Banden auf der sorrentinischen Halbinsel standen mit ihm in Verbindung und unterhielten mittelst Barken eine lebhafte Communication mit allen Uebelthätern auf den Inseln des schönen Golfs von Neapel. Tardio trieb sich hauptsächlich im Bezirk von Vallo um Camerota und am Cap Palinuro umher.

Pläne Franz II. für einen grossen Briganden - Feldzug.
Streifzug gegen Tristany. Die Banden Stramenga und
Tamburini in den Abbruzzen.

Aus den Papieren, welche bei den zahlreichen
verhafteten Conspiratoren für Franz II. gefunden wurden, und aus directen Nachrichten von Rom, gewann
die italienische Regierung die Gewissheit, dass Franz II.
einen grossen Streich auf die neapolitanischen
Provinzen vorhabe. Der Plan war complicirt: zu
Lande sollten verschiedene Banden diesmal in die
Abbruzzen einfallen, sie sollten alle ehemaligen
Soldaten, alle die Recruten zu den Waffen rufen,
welche in den Listen der Comités verzeichnet waren,
und welche zusammen wohl ein Heer bilden konnten.
In gleicher Weise sollten die Banden in der Capitanata und Basilicata, sowie im jenseitigen und
diesseitigen Principat auftreten. Ausserdem wollte
Franz II. einige Abtheilungen für Calabrien zu
Rom einschiffen. Das schönste kommt aber jetzt:
mehrere ehemalige neapolitanische Officiere wurden
nach Albanien gesendet, um dort Baschibozuks
anzuwerben, mit diesen Horden, denen man grössere
Geschicklichkeit im Rauben, Brennen und Kopfab-
schneiden zutraute, als den eingebornen Briganden,
in der Gegend von Manfredonia zu landen, und
mittelst ihrer alle Gräuel mittelalterlicher Zustände
zu erneuern, von Neuem eine Zeit des äussersten
Vandalismus heraufzubeschwören. Die ganze Geschichte sollte Ende April und Anfang Mai los-
brechen.

Ausser am Geschick der Führer, an wahrer
Energie und rechtem Muth fehlte es aber auch beständig an Geld, dessen man doch nicht entbehren
konnte, wenn etwas Ordentliches geschehen sollte.
Weit entfernt, Geld nach dem Neapolitanischen zu
senden, wollte Franz II. solches beständig von den
Comités seiner Getreuen haben. Diese aber besassen
entweder selbst nichts, oder wenn sie etwas besassen, hielten sie es für klug, es in Sicherheit für
künftige Zeiten zu bewahren. Ein König alter Zeiten
hätte vielleicht sein letztes Kleinod versetzt, um eine
verlorne Krone wieder zu gewinnen. Franz II.
hätte dies nicht einmal nöthig gehabt; sein Vater
hatte dafür gesorgt, dass er noch über ganz artige
Summen verfügen konnte. Aber dies verkommene
Subject wollte aus eignen Mitteln nichts d'ran setzen;
er wollte seine Reichthümer lieber für seine alten
Tage sparen. Die heutigen europäischen Fürsten
würden wohl im Allgemeinen so denken; sobald sie
ihren Unterthanen nichts mehr abschinden können,
hört aller Adel bei ihnen auf, und sie sinken zu den
nichtsnutzigsten Krämerseelen herab, die man nur in
dumpfen Boutiquen auftreiben kann.

Die Landstreitkräfte Franz des II. organisirte
beständig Tristany, er organisirte und organisirte
immer fort, das wahre Ebenbild Wilhelm des Rüsters
von Preussen. Wie es aber mit diesen Rüstungen
herging, das haben wir früher bereits gesehen. In
neuerer Zeit hatte er sich als Untercommandanten
für den Feldzug in den Abbruzzen zwei schlechte
Subjecte aus diesen Gegenden aufgetrieben, den Con-

trebandier **S t r a m e n g a** und einen gewissen **T a m -
b u r i n i.**

Um die Mitte April waren unter diesen etwa 300
Strolche in **R o m** vereinigt. Es befanden sich unter
diesen auch nicht wenige Bursche, die der Conscription in Italien entflohen waren. Die Zahl der
Refractairs war überhaupt bei der letzten Aushebung
grösser gewesen, als bei der vom vorigen Winter,
eine Thatsache, die insbesondere auch für **S i c i l i e n**
gilt, wo die Refractairs auf dem Lande, in entlege-
neren Gegenden ganze Räuberbanden bildeten.

Am 20. April hielt **T r i s t a n y** in Rom über die
Strolche **S t r a m e n g a s** und **T a m b u r i n i s** Revue;
wie erzählt wird, dann auch Franz II. Es ist nicht
unmöglich, dass gerade durch diesen Umstand **T r i -
s t a n y** der Gefahr entging, die ihm drohte, überfallen
und **g e f a n g e n** zu werden.

Als nämlich die Parlamentscommission für Untersuchung der Brigandageverhältnisse sich zu **S o r a**
befand, hatte man ihr auch mitgetheilt, dass es nicht
schwer sein werde, mit einigen zuverlässigen und
entschlossenen Leuten **T r i s t a n y** in seinem Versteck
auf päpstlichem Gebiete abzufangen. Der Deputirte
R o m e o, welcher, als die Parlamentscommission nach
Turin zurückkehrte, noch eine Zeitlang in Neapel
blieb, und der Doctor **P i o S p e r a n z a M a z z o n i**
gedachten den Handstreich zu versuchen, und warben
dazu etwa 30 Mann an, darunter auch eine Anzahl
Municipalgardisten von **N e a p e l,** geborne Römer.
Die Angeworbenen überschritten in der Nacht auf
den 20. April die römische Grenze in der Gegend

von Ceprano. Da sie aber das Nest leer fanden,
kehrten sie mit leeren Händen auf italienischen Boden zurück, und wurden hier von den italienischen Truppen in Empfang genommen und nach
Caserta gebracht. Man liess sie übrigens bald
laufen. Jedenfalls war an der Gefangennahme Tristanys nicht viel gelegen. Wenn Tristany gefangen genommen wäre, hätte Franz vielleicht einen
besseren bekommen. Ausserdem würde die italienische Regierung sicher mit einer Masse von Reclamationen nicht verschont geblieben sein. Wie bei
der französischen Regierung, so regte sich unter anderm auch im englischen Lordshaus eine ganz ausserordentliche Herzenssympathie für alle die aben-
teuernden Conspiratoren für die Legitimität, welche
nicht italienischer Nationalität, doch von der italienischen Regierung abgefangen und eingesperrt wurden, für die de Christen, Bishop und andere.
Ja, als die Princessin Barberini-Sciarra verhaftet
war, wendeten sich Montebello und Latour d'Auvergne sehr dringend an Lamarmora mit dem
Ersuchen, diese Dame sofort nach Rom zu entlassen.
Lamarmora konnte diesem Ersuchen nicht wohl
entsprechen, welche sanften Gefühle für die Rechte
der Verbrecher von Gottes Gnaden seinen Busen
auch bewegen mochten.

Zu Ende April traf er grosse militärische Anstalten gegen den bewaffneten Einbruch der Bourbonisten und begab sich sogar in Person an die
römische Grenze.

Die Banden Stramenga und Tamburini wurden nach der Revue vor Tristany am 20. April sofort einzeln an die Grenze spedirt und bei Filettino mit französischer Kleidung und sonstiger Ausrüstung versehen. Sie zogen sich nun innerhalb des päpstlichen Gebiets nordwärts und überschritten endlich auf verschiedenen Puncten die Grenze zwischen Carsoli und Coll-Alto; dann den Salto und wendeten sich gegen den Velino, von dort, als sie ihn erreicht hatten, östlich an den obern Tronto, auf die Gegend von Amatrice los. Ihre Zahl hatte sich schon sehr bedeutend verringert, ehe nur der Einfall in das Gebiet der Provinz von Aquila erfolgte. Beide Banden zählten kaum zusammen noch 150 Mann und Stramenga vereinigte sie unter seinem Befehl. Theils durch seine Kenntniss dieser Gegenden, theils aber auch durch den Umstand begünstigt, dass sie wie französische Soldaten aussahen, mit denen die Italiener nicht anbinden durften, kamen die Räuber ziemlich glücklich, — nur einige Marodeurs waren von italienischen Patrouillen abgefangen — bis an den obern Tronto.

Nun aber waren theils durch das Erscheinen der Bande an verschiedenen Puncten der Provinz von Aquila, theils durch die Befehle Lamarmoras bereits sämmtliche Truppencommandanten und sämmtliche Militärposten allarmirt.

Stramenga wollte sich in die Gegend von Civitella del Tronto werfen, wo er viele Verbindungen mit den Contrebandiers hatte, die durch die Gründung des Königreichs Italien ausser Dienst gesetzt waren. Er hoffte, sich der Veste Civitella del

Tronto selbst zu bemächtigen, welche 1861 das letzte Bollwerk der Bourbonenherrschaft gewesen war.

Bei Amatrice vorbei, zog er sich in das Thal des Castellanoflusses, und kam am 5. Mai nach S. Vito, südwestlich Ascoli; von hier wollte er um den Monte Fiore und über Cerqueto, Civitella zunächst links lassend, sich in die Berge von Campli schlagen.

Die Militärcommandanten von Aquila, Teramo und Ascoli hatten unterdessen gegen ihn detachirt und ringsum alle Pässe besetzen lassen.

Am 6. Mai, als Stramenga von S. Vito über Cerqueto sich dem Salinelloflusse näherte, stiess er auf das von Teramo gegen ihn entsendete Detachement, 60 Mann vom 41. Infanterieregiment und 30 Carabinieri. Es entspann sich ein Gefecht. Die Räuber zogen sich geordnet gegen Cerqueto zurück; aber dies war unterdessen von einer Compagnie des 19. Bersaglieribataillons besetzt; eine andere Compagnie desselben Bataillons kam bald darauf von Westen her von Collegrato herbei. Beim Anblick dieser zahlreichen, von allen Seiten auf sie eindringenden Kräfte, zerstreuten sich die Räuber und suchten ihr Heil in der Flucht, nach allen Richtungen hin.

Damit hatte denn der grossartige Abbruzzenfeldzug Franz des II. vorerst wieder einmal sein Ende erreicht.

Die Camorra in den Douanen und im Heer.

Hand in Hand mit der Brigandage läuft stets die Camorra. Auch ihr ist nicht damit ein Ende zu machen, dass man alle die einsteckt, welche auf camorristischen Acten betroffen werden. Aus ihrem eigentlichen Heimatland hatte sich die Camorra seit 1861 aber auch über die anderen Provinzen verbreitet, und zwar insbesondere durch die subalternen Beamten, welche hier und dorthin versetzt wurden, — an manchen Douanen war die Camorra vollständig organisirt und dann im Heere. In dem letzteren war die Sache so arg geworden, und übte einen so nachtheiligen Einfluss auf die Disciplin, dass durch ein königliches Decret vom 12. März ein Zusatz zu dem Disciplinarreglement angeordnet wurde. Alle Camorristen im Heer sollten mit den höchsten Disciplinarstrafen belegt, Unterofficiere, Corporals u. s. w. ausserdem öffentlich degradirt, endlich um die Corps der activen Armee von ihnen zu reinigen, in Straftruppen eingestellt werden. Wie Camorristen sollten alle die Soldaten betrachtet werden, welche sich einschüchtern liessen, Camorrasteuern bezahlten, irgend in einer Art, wenn auch nur passiv das Bestehen der Camorra in einem Truppenkörper unterstützten oder begünstigten.

X.

Schluss.

Indem wir mit dem 21. Mai 1863 die erste Reihe der Annalen des Königreichs Italien abschliessen, wollen wir versuchen, in ein paar Worten das Re-

sultat dieser zwei Jahre zusammenzufassen, deren
einzelne Thatsachen wir nun an uns haben vorüber-
ziehen lassen.

Die äussere Vervollständigung des Reiches
war seit dem Ende der Revolution, seit dem November 1860 ins Stocken gerathen; Rom und Venedig
befanden sich noch immer in fremden Händen. Der
einzige Fortschritt, welcher in der römischen Frage
gemacht worden war, bestand darin, dass die Italiener
endlich von dem Wahne zurückgekommen waren,
Napoleon III. brenne darauf, ihnen Rom zu über-
liefern. Die Hoffnungen waren in eine unbestimmte
Ferne gerückt, sie waren vertagt, die Erwerbung
Roms war von dem Eintreten künftiger möglicher
Ereignisse abhängig gemacht, von welchen sich eine
klare Vorstellung im Voraus zu machen Niemandem
einfallen konnte. Die gewonnene theoretische Einsicht hinderte aber nicht, dass Rom in fremden
Händen materiell sich immer mehr als ein fressender
Schaden am Leibe Italiens erwies, so dass Italien,
weil es ihn beständig fühlte, ganz ausser Stande
blieb, Augen und Herz und Hände von ihm abzu-
wenden. Es konnte sich für ohnmächtig erklären,
ihn wegzuschaffen, aber es konnte nicht sagen, dass
er nicht existire. So erzeugte die Pestbeule des
Papstthums in Italien eine stille Verzweiflung, welche
viel gleichgültiger gegen andere Schäden auch machte,
als es hätte der Fall sein sollen. Zunächst kann
wenigstens das Königreich Italien diesen Schaden
in seinem Innern bekämpfen. Aber mit dem falschen
Grundsatz: freie Kirche im freien Staat, wird dieser

Kampf unmöglich. Nothgedrungen wird Italien gezwungen sein, den Staat über die Kirche zu stellen,
und die Gesellschaft mit dem Staate zum Kampfe
gegen die Kirche zu verbünden. An Anzeichen,
dass diese innere Nothwendigkeit ihre Wirkungen
äussern werde, fehlt es auch in der Geschichte dieser
zwei Jahre nicht. Kein Land aber verdient mehr
die thätigen Sympathieen aller sich zur Freiheit auf-
schwingenden Völker, als eben Italien, weil nur in
ihm dieser Kampf gegen die blinde Autorität
ausgefochten werden kann, welchen doch in Wahrheit alle gebildeten Völker jedes bei sich zu bestehen
haben. Wenn der Papst aus aller Herren Ländern
die Stützen der Dunkelheit zur Hülfe herbeiruft,
um sich Heere aus ihnen zu bilden, so hat das
Königreich Italien das göttlichste Recht, ja die
Pflicht gegen die fortschreitende Welt, die hellen
Geister und die Waffen aller Nationen um sich zu
sammeln, um der Herrschaft der Dunkelheit ein Ende
zu machen.

Die Regierung des Königreichs Italien characteri-
sirte sich im Innern von vornherein dadurch, dass
sie gegen die Revolution auftrat, und indem sie
glaubte, gegen die Revolution Ordnung stiften zu
müssen, zugleich glaubte, diese Ordnung mit den
Mitteln der alten europäischen Gewalten her-
stellen zu müssen, so dass sie ganz begreiflicher
Weise, statt die etwaigen Schäden der Revolution
zu beseitigen, die alten Schäden früheren Regimentes wiederherstellte, ja dieselben noch
vermehrte.

Wir finden in dieser Regierung kein neues Princip, kein Princip der neuen fortschreitenden Welt,
die alte Tradition und nicht einmal mit den materiellen
Mitteln gestützt und überkleistert, die den Regierungen
anderer Länder, die eine minder schwierige Geschichte durchgemacht haben, zu Gebote stehen und
ihnen helfen. Darin liegt die noch dauernde Schwäche
Italiens, darin die Nothwendigkeit, dass Italien neue
Revolutionen durchmache, eine unabweisbare Nothwendigkeit. Denn die Umstände, unter denen neue
Herrschaften entstanden sind, geben auch ihrer Fort-
führung den Charakter. Italien, wie es jetzt ist,
kann keine Dauer haben. Aber das Land an sich
erfüllt alle Bedingungen, die an ein einheitliches
Reich zu stellen sind. Es ist nur die Art seiner
Regierung und Verwaltung, welche keine Bürg-
schaften der Dauer gibt, welche sich von Tage zu
Tage mit Nothwendigkeit unmöglicher machen muss.

Ein italienisches Heer war geschaffen; aber da
man nicht verstanden hatte, es auf die Grundlagen
einer neuen Zeit zu stellen, da man geglaubt hatte,
sich dem Hergebrachten anschliessen zu müssen,
war auf lange hin, trotz der ungeheuern Kosten, die
es verursachte, keine Aussicht vorhanden, es auf einen
solchen Stand zu bringen, dass es selbstständig und
allein die Interessen Italiens gegen alle seine Feinde
mit den Waffen zu vertreten vermöchte. Ja es war
vorauszusehen, dass der nationale Hauch, der es anfangs belebte, allmälig sich verflüchtigen, und dass
er nicht werde ersetzt werden durch die starre Disciplin, welche man nach dem Muster anderer, auch in

dieses Heer hineinzubringen gedachte. Es war auch vorauszusehen, dass die Nothwendigkeit von Ersparungen der Fortbildung dieses Heeres, wie es einmal geschaffen war, binnen Kurzem Eintrag thun werde. Aehnlich verhielt es sich mit der Marine, in welcher ausserdem die Heterogeneität der Elemente, aus welchen sie entstanden war, der piemontesischen und neapolitanischen, einen inneren Zwiespalt schuf, welcher der Stärke der Seearmee nicht zuträglich war. Auch das war, wie anderen Zweigen, so insbesondere der Marine schädlich, dass es noch an einer stark entwickelten Industrie und Fabrication fehlte, so dass Italien für den Bau und die Ausrüstung seiner Schiffe vielfach auf fremde Hülfe angewiesen war. Zum Theil hierin mochte es liegen, dass der für die Schöpfung einer neuen Marine, die in ihrer Jugend schon stark wird, so günstige Zeitpunkt nicht benutzt wurde, zum Theil freilich auch darin, dass man ihn nicht erkannte.

In der innern Administration war unificirt worden lediglich in dem, was sich von oben herunter nach dem System der Centralisation machen liess. Von diesem Standpuncte aus musste man vieles Alte in den Kauf nehmen, und der Krebs des neuen Socialismus der Bureaucratie zehrte an dem neuen Italien mehr als an irgend einem andern Staat, ja selbst mehr als an den alten Staaten des getrennten Italiens. Von der Decentralisation, von der Selbstregierung der Gemeinden und Provinzen, von der Selbstverwaltung, war viel geredet worden, aber nichts war für sie geschehen. Ja, gerade die

Gesetze, welche sie hätten regeln sollen, welche die fundamentalen genannt werden können, welche Italien eine billige und freie Verwaltung gesichert hätten, sie waren bis jetzt von einem Jahr auf das andere verschoben worden. Wie aber mit den stehenden Heeren, die den Keim beständiger Vermehrung und beständiger Vergrösserung der Kosten in sich selbst tragen, die nothwendig wachsen müssen, so lange sie bestehen, gerade so ist es auch mit der von einem Staatscentrum aus eingesetzten Bureau-cratie. Wenn Italien — ohne Revolution — ernstlich auf den Weg der Decentralisation, der Selbstregierung und Selbstverwaltung der Glieder, eintreten will, wird es dann stark genug sein, den zähen, unterirdischen Widerstand, der von den Farini und den Cavour, den Rattazzi und den Lamarmora, den Ricasoli und den Minghetti liederlicher Weise immer grösser gezogenen Bureaucratie zu brechen?

Für die öffentlichen Arbeiten war sehr Vieles geschehen, sie waren mit grossen Mitteln angegriffen und mit Eifer befördert worden; indessen wesentlich nur in der einen Richtung auf den Strassen- und auf den Eisenbahnbau, in einer Richtung, in welcher sich grosse Bankiergeschäfte machen liessen. Durch die Habgier der Unternehmer, durch den Umstand, dass es in Italien noch an der Entwicklung der Technik und Industrie sehr fehlte, durch Unredlichkeit und Favoritismus wurden ausserdem die ausgeführten Bauten sehr kostspielig für das Volk, welches sie schliesslich doch bezahlen muss. Die Melioration des Bodens, die Erweckung neuer

Arten des Anbaus waren daneben bisher fast ganz vernachlässigt, und man kann nicht umhin, zuzugestehen, dass diese Richtung mit Glück nur dann zu verfolgen gewesen wäre, wenn in den Provinzen und den Gemeinden bereits ein eigenes Leben, eine eigene Verwaltung bestanden hätte, wenn also die vielberedete Grundlage administrativer Decentralisation bereits vorhanden gewesen wäre, an deren Aufstellung doch vielmehr nicht einmal die erste Hand gelegt worden war.

Mit den Eisenbahnbauten war es etwas anderes; diese konnte der Staat, soweit er sie nicht mit seinen Mitteln unmittelbar in die Hand nahm, doch sogleich in Bausch und Bogen an grosse Unternehmer ausgeben, die ihren Vortheil dabei sahen, so die Ausführung sichern, ohne dass er selbst eine Leben schaffende Einwirkung darauf weiter nöthig hatte. Nicht so mit den Bodenmeliorationen und der Erweckung neuer Anbauzweige; diese lassen sich weder auf einzelne beschränkte Erdflecke reduciren, noch auf Strecken vornehmen, welche nur nach Längen gemessen werden. Sie müssen, um durchzugreifen, ihre Centra in allen Provinzen, allen Kreisen haben; es werden Musteranstalten unter tüchtiger und tüchtig controllirter Leitung nothwendig. Und alles dies zu schaffen, war der italienische Staat für jetzt noch unfähig. Von einem Centrum aus lässt sich das nicht machen, selbst wenn es besser gelegen wäre, als das auf die eine Seite geschobene Turin.

Ausserdem ist ein Hinderniss für die durchgreifende

Beförderung des Landbaues, auf welcher doch das
Heil und der Segen des von der Natur so reich be-
gabten Italiens noch auf lange hinaus beruht, der
schlechte Stand der italienischen Finanzen und der
nun einmal betretene Weg der Finanzwirthschaft.
Wenn der Staat einmal von sich aus auf die Beförderung des Ackerbaues hinwirken wollte, so musste
er von seinen Domänen nothwendig einen grossen
Theil dazu hergeben, theils um landwirthschaft-
liche Institute zu gründen, theils um eine zahl-
reichere Classe kleinerer Grundbesitzer zu
schaffen, — und Alles das, ohne daraus einen un-
mittelbaren Nutzen, viel Geld auf einmal, auf
einem Fleck zu erhalten, wenn auch der spätere
Segen ein noch so grosser war. Wollte man aber
aus dem Verkauf der Domänen und geistlichen Güter
sogleich und augenblicklich grossen, wenn auch im
Verhältniss zu dem, welchen man bei grösserer Geduld gehabt haben würde, in der That sehr kleinen
Nutzen ziehen, so musste auch der Domänenverkauf
nothwendig zu einem Spiel für grosse Unternehmer, für Bankiergesellchaften gemacht werden. — So ist denn der Anbau noch ganz unverhältnissmässig zurück, und durch den betretenen Weg
hat man sogar die legitimen Hoffnungen auf seine
Hebung für die nächste Zukunft bedeutend beschränkt.

Italien, im Mittelalter das erste Industrieland
Europas, nimmt jetzt unter den civilisirten Ländern
in Bezug auf die Industrie die letzte Stelle ein. Der
einzige hervorragende Zweig ist die Seidenindu-

strie, aber selbst diese kann einen weit grösseren Aufschwung nehmen als jetzt, und nicht blos dies, es kann sich ihr die Baumwollenindustrie, die jetzt fast Null ist, auf der Grundlage eigenen Baumwollenanbaues im Neapolitanischen, auf den Inseln Sardinien und Sicilien anschliessen. Die einst so blühende Wollenindustrie ist ganz verfallen, besonders in Folge der schlechten Entwicklung der Schafzucht; nicht viel besser steht es mit der Papierfabrication; dagegen ist die Corallen- und die Glasindustrie noch verhältnissmässig blühend, und dasselbe gilt von der Fabrication von Lederwaaren. Ganz zurück ist die grosse Eisenindustrie und merkwürdiger Weise auch die, welche sich mit den Gegenständen des Baues und der Ausrüstung der Schiffe befasst. Und doch wäre die Hebung gerade dieser Industrie für die Hebung des Handels, der für Italien hauptsächlich Seehandel ist, eine absolute Nothwendigkeit. Die Bedingungen für die Entwicklung der italienischen Industrie liegen zum einen Theil in dem bessern Anbau des Bodens, der Ausbeutung aller Producte desselben, unter welchen die Mineralien, Eisen, Blei, Kupfer, Schwefel, Marmor, Alabaster nicht die letzte Stelle einnehmen, in der Schaffung grosser industrieller Centren, auch unter Herbeiziehung fremder Kräfte, in der Hebung des Volksunterrichts und in der Einführung eines zweckmässigen Zoll- und Steuersystems. Wer aber die neuere Steuergesetzgebung Italiens ansieht, wie wir sie verfolgt haben, der kann sich der Bemerkung schwerlich erwehren, dass mit ihr eher zum Schaden als zum Nutzen für die Industrie Italiens ein Schritt geschehen sei.

Anbau und Industrie sind die Stützen des Handels. Mit ihnen zugleich wird auch der Handel sich heben, bis sie, alle drei im Gange, immer ein Element zugleich auch die beiden andern in die Höhe bringen. Aber auch dem Handel dürfen falsche Steuer- und Zollsysteme keine unnützen Beschränkungen auferlegen. Und was wir in dieser Beziehung über die italienische Industrie gesagt haben, gilt auch über den italienischen Handel. Hoffentlich werden allmälig die verschiedenen Handelsverträge mit den europäischen Nationen gebieterisch und bald auf bessere Wege bringen.

Der öffentliche Unterricht, besonders der Elementarunterricht, bedarf noch in allen, ausser den nördlichsten Provinzen, der entschiedensten Nachhülfe. Vor allen Dingen käme es auch darauf an, gute Elementarlehrer in passender Menge auszubilden. Man muss sagen, dass dafür noch sehr wenig geschehen ist, ja man muss sagen, dass die herrschende Bourgeoisie in Italien bis jetzt wenig Einsicht verrathen hat in das Interesse, welches die umfassendste Ausdehnung eines guten Volksunterrichtes für das ganze Reich hat. Nicht selten ist es sogar vorgekommen, dass die dürftigen Summen, welche für die Hebung des Volksunterrichtes ausgeworfen waren, zu andern Zwecken verwendet wurden.

Wie es mit der Civil- und Criminaljustiz bestellt war, wie wenig auch hier die Gesetzgebung

durchgriff, ja wie sie falsche Schritte that, indem sie
selbst hier den Finanzstandpunct rücksichtslos
zu dem ihrigen machte, haben wir gesehen. Das
erste ist wohl, dass man für alle Provinzen redliche,
unbestechliche, unabhängige Richter gewinne, und
dies wird erst dann möglich sein, wenn eine wohl-
habende, nicht reiche, aber zahlreiche Bürgerclasse
sich gebildet hat, als deren Grundlagen hauptsächlich eine fortschreitende Theilung des Grund-
eigenthums und die Ausbreitung der Segnungen eines
tüchtigen Unterrichtes betrachtet werden müssen.

Für alle Richtungen der Entwicklung Italiens
aber ist das dringendste Bedürfniss, eine vernünftig
durchgeführte Decentralisation der Verwaltung,
durch welche wahrhafte Centra des Volkslebens geschaffen werden, die bei allem eigenen Leben, welches sie entwickeln und zusammenfassen, sich doch
lebendig an das allgemeine Centrum der Staats-
regierung anschliessen. Freiheit, Einfachheit,
Billigkeit, Wirksamkeit der Verwaltung hängen
hievon ab.

Die Gesetzgebung des neuen Italiens leidet
vornämlich daran, dass sie eine Classengesetzgebung.
keine populäre ist; sie ist die Gesetzgebung für die
italienische Bourgeoisie, nicht für das Volk von Italien.
Sie kann das letztere nie werden, ohne eine Reform
der legislativen Körper, also eine Reform des
Wahlgesetzes. Die Einführung des Modus des directen, allgemeinen Wahlrechtes und der Diäten für
die Abgeordneten wird aber vollkommen ihre Früchte
erst dann tragen, wenn zugleich der Unterricht in

alle Classen des Volkes eingedrungen, allen Classen
zugänglich gemacht worden ist, wenn der Wohlstand,
aus dem Reichthum Weniger sich loslösend, ein Ei-
genthum des Volkes geworden sein wird auf den
Grundlagen des Anbaues, der Industrie und des
Handels.

Mit welchen Schwierigkeiten aber das italienische
Volk auf seinem Wege noch zu kämpfen haben möge,
mit seinem gesunden Sinn, mit seiner Intelligenz,
seinem Fleiss und gestützt auf sein schönes, gott-
begnadetes Land, wird es alle diese Schwierigkeiten
überwinden, — wenn es, wie wir vermuthen, nicht
ohne neue revolutionäre Bewegungen die erkannten
Irrthümer beseitigen kann, so wird es auch für jene
die Formen der Civilisation und der Vernunft zu
finden wissen, und wenn es verzichtet darauf, wiederum der Führer der europäischen Völker mit den
Waffen in der Hand zu werden, wie in dunkleren
Zeiten, wird es nicht darauf verzichten, ihr Führer
sein zu wollen in Wissenschaft und Kunst, und in
Allem, was zum Lichte führt.

Inhaltsverzeichniss des vierten Bandes.

CPSIA information can be obtained
at www.ICGtesting.com
Printed in the USA
LVHW040359200422
716646LV00005B/292